U0164718

王迪詩

目錄

被老細打劫 12

◆ 老闆強迫員工開假 Facebook account 歌頌公司

◆ 老細生日總有擦鞋仔發起送禮，大家被夾錢（在心裏講粗口），當交「保護費」

Old Seafood 職場必殺技 16

◆ 年紀大、out 到爆、對新事物極之抗拒的上司，無知的程度令人吃驚。他們職位高、人工高，卻是公司的負資產

來說是非者 20

◆ 有三個人或以上，就有是非

◆ 信心不足的上司會利用是非精收風，監察哪個員工在背後講他的壞話

當新人的日子 24

◆ 他們不是失敗者，只是有傷痕的人

◆ 為什麼我才剛起步，您就放棄我？

出租淚療師 28

◆ 同一件事由俊男來做很浪漫，若是醜男，女人就會覺得被非禮

阿姐荷爾蒙失調關注組 33

◆ 為省時，女上司叫男助手一齊入女廁，要他在廁格門口抄筆記
◆ 阿姐出 trip 風濕腳發作加肚瀉，「公公」抱阿姐去如廁，係愛定係責任？
◆ 女上司喜歡在大廈 lobby 罵下屬，貪有迴音——「你白癡癡癡癡癡癡……㗎？」嘩，像拍武俠片，幾有氣勢！
◆ 員工被老闆食住，任其欺凌，因為「睇死你唔敢辭職」

從偷情事件分析 time management 38

◆ 一個男人如何跟正室和情婦參加同一個旅行團而不被揭發？

入 Big Four 還是選港姐？ 44

◆ 我們總是在一開始時抱著滿滿的期望，一大堆計畫。夢想真的實現時，卻發現不是我們所預期的
◆ 商科畢業生以「入到 Big Four」為第一個人生高峰，熱切期待把生命最美好的青春歲月奉獻給四大會計師行

如果沒有管理層 49

◆ 向管理層申請 budget 做 BD，慘過跪求他們借錢！他們自己卻出公司數吃喝玩樂，美其名 business trip 其實免費旅行
◆ 所有人都夢想有天自己擔任管理層，成為肥上瘦下的得益者
◆ 僱傭關係就像婆媳關係，兩邊都覺得自己吃虧。將「婆媳關係」包裝得科學一點，就是「管理學」

放棄才會得到？ 56

◆ 跟一位占星的朋友聊起，什麼命格的人可以出人頭地

◆ 登上高位，竟是因為躺平？

最遙遠的距離 60

◆ 人，總是差那麼一點點，總是距離那美好的結局一點點

◆ 世上努力的人太多了，卻沒有很多人得到幸福

所謂「career path」 64

◆「對待生命，不妨大膽冒險一點，因為終究你會失去它。」——尼采

◆ 嚐過不同行業的辛酸，就會更有同理心，看事情也有多於一種角度

◆ 每個人都應該找一套栽培自己的方法。教育要靠自己，不能依賴學校和父母

教小學竟如此震撼！ 70

◆ 老師日日放學相約打麻雀，節日給家長送牛肉刀

◆ 那小小的一所學校，教師竟分成 N 個黨派

◆ 或許我可以做點什麼去改變世界——這句話要趕快說，不然 25 歲之後面皮再厚都說不出口

◆ 願你不受原生家庭束縛

老細還是腦細？ 78

◆ 中環怡和大廈佈滿一個個圓形玻璃窗，是為「ten thousand assholes」，日日返工俾人插

初出茅廬之一——你有女朋友嗎？ 82

◆ 每個 office 都需要一個 pantry。不是用來沖咖啡，而是讓員工精神排毒，亦即講是非

◆ 美女同事眼中只有富二代，眾男質問「何以我爸是窮L」

初出茅廬之二——他是大老闆的世侄，還是私生子？ 86

◆ 我有一種被騙的感覺，說好的「中環價值」呢？

返工，到底為乜？ 90

◆ 每日營營役役做很多事情，卻沒有一件有意義

◆ 如果你每日返工真心想辦工，而不是扮工，那麼面對身邊呃飯食的同事一定眼火爆！

別進廚房 94

◆ 如果女朋友（到這一刻為止）在你眼中仍是女神，那就不要跟她同居

◆ 用 Zoom 在家開會的女同事竟不梳頭，成面面油，衣著邋遢，女神形象破滅！

被寵與被殺可能只差一線 99

◆ 冇大冇細，死路一條

◆「朕實在不知怎麼疼你」是雍正寫給大臣年羹堯的御筆硃批，然後雍正把年羹堯殺了

為何偏要帶情婦和老婆去同一間餐廳？ 104

◆ 曬命如果沒有觀眾，曬來把鬼？

◆ 女人拿出去威的除了手袋，還暗自比較身邊男伴的質素

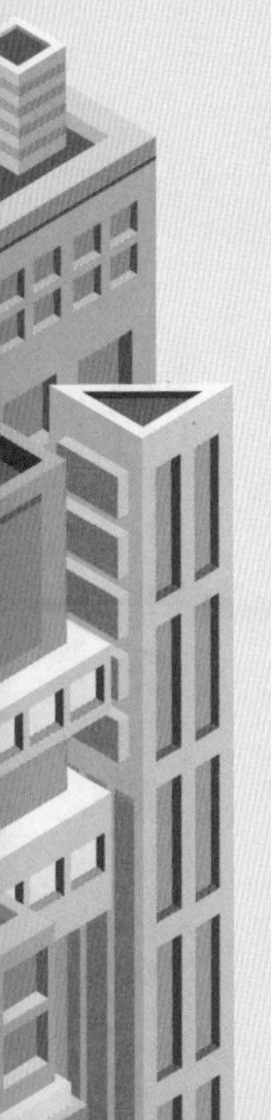

蛇王精 108

◆ 同事星期一胃痛，星期二阿媽撞車，星期三父親中風，星期四阿爺上山，星期五父親不敵死神，一星期內闔家歸西

◆ 經常請假因為兒子「吸毒」，後來被揭兒子年僅四歲

大企業潛規則——「鬥老」而不是「鬥有腦」 114

◆ 說話不要太絕。在職場兜兜轉轉，誰都不知誰是最後贏家

被同事出賣而慘死的謀略家 120

◆ 明知江湖凶險，他仍選擇離開 comfort zone，型到生命最後一刻

為老細賣命 125

◆ 且看歷代功臣，為老細賣命只有兩種下場：做得差，被殺。做得好，也被殺。哪類人的官職坐得最穩？廢人

漫談武俠——最古老行業 130

◆ 武俠小說的人物只會鑽研武功或喝酒打架。錢從何來？

◆ 俠客是無業人士，古人尚未發明「返工」的概念

◆ 最古老的行業不是娼妓，而是保鏢

請人是世上最激氣的事！ 134

◆ 我做錯事，點解你要指出我錯？你明明可以買件 cheese cake 氹返我，咁我就唔會嬲你，但你冇！你完全冇理過我感受！

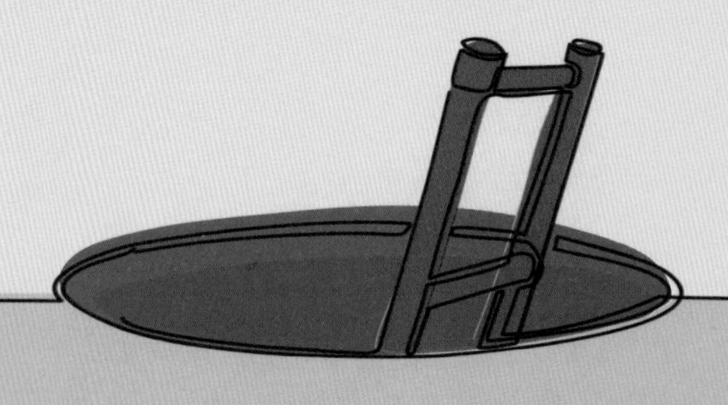

經典員工特集 142

◆ 公司泳池內上演「人體動作片」、男高層在男廁偷拍、在辦公室剪腳甲特別有 feel？Weekday 辦公時間失蹤的職員竟在美容院脫毛……

吹水王 150

◆ 在 HKU SPACE 教書寫成在 HKU 教書

◆ 去 Café de Coral 享用下午茶

◆「我司機等緊我」原來是的士司機

MBA 教材級小三 156

◆ 做小三分明就是錯的，被正室潑酒也只會被視為抵死。擺明理虧，如何全身而退？

18 世紀全球首富竟是他 160

◆ 乾隆咳一聲他就會飛快遞上痰罐

◆ 這名貪官匿藏的財產等於當時清政府15年收入

搵食而已 165

◆「搵食啫」是香港人吵架的終極武器，只要拋出這三個字就會主觀地感覺道理在我這一邊。無論行為多麼荒誕、嘔心、卑劣——搵食啫

迷失 168

◆ 很多人看不慣我的「職場流浪」。女上司問我：「你父母不會很擔心嗎？你好像 drifting around……」

我們變成怎麼了？ 173

◆ 大部分人都曾經歷「職場整容」，學習圓滑一點，棱角磨平一點，笑容商業化一點，鞠躬的角度正確一點

◆ 最後，忘了自己本來是什麼樣子

如何應付 haters？ 178

◆ 正常人要證明自己正常是非常困難的。正常人根本不會做任何事來證明自己正常，反而那些千方百計去證明自己多麼能掌握真理、知識何等豐富、道德標準有多高的人，先至係癲

偏心 184

◆ 見工時被問：「你父親做什麼職業？」這種問題不是考幼稚園才會問的嗎？

另類老闆 188

◆ 見工被問：「Are you a good person？」這到底是 IQ 題還是 EQ 題？

◆ 他每年給秘書十萬元買聖誕禮物，給司機四百萬元買樓付首期

當事業不再如日中天 192

◆ 不同階段該做不同的事，恰如其份就是優雅

剩女的錢好易呃？ 196

◆ 世上最賤的男人不是騙財騙色，而係騙財唔騙色

◆ 花巨款讓女兒讀國際學校，不如將學費儲起給她買樓，有樓揸手何愁沒男人要？然而……

充足睡眠的定義 200

◆ 夜晚蓋上被子，心想今天全力以赴了，好滿足啊，就會睡得很甜

人與人形物體 204

◆ 以前愛看 *Discovery Channel*，看飛禽走獸會更了解人；現在每天睜開眼，就以為自己在看 *Discovery Channel*

◆ 扔蕉皮、放暗箭、雙面人、閃避球、free rider、真癲、扮癲

◆ 女員工控告男上司性騷擾，指他在電郵寫「xx」表示kisses，「yy」代表性接觸，file name「ajg」是「A Jumbo Genital」的縮寫

出身寒微才是贏在起跑線 208

◆ 貴為「商人之鼻祖」，三個兒子竟一個殺人、一個無知、一個自以為是

不要失去你的拚勁 212

◆ 世界不斷變，唯有熱誠永恆。抓住你喜愛的事，全力以赴去完成它

被老細打劫

老闆強迫員工開
假Facebook account，
專門用來歌頌公司，
還規定員工每星期最少上載
三個post以示效忠，
有同事拒絕，結果……

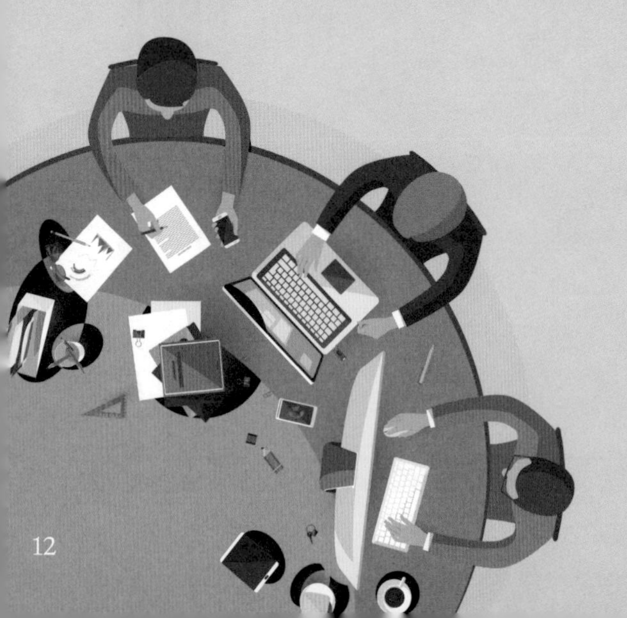

Rebecca 任職的公司讓員工在辦公室天台種有機菜。經常見她在 Facebook 刊出種菜的照片，一班同事樂也融融，大讚公司環保，員工又可以減壓。

那天我在街上巧遇 Rebecca，便問問有機菜種成怎樣，她竟氣憤地說：「別提那家卑鄙的公司了！我一找到新工就會立即遞信。」

「但我在 Facebook 見你返工返得好開心呀。」

「那個 Facebook account 是假的！老細迫我們每人開多一個 account 專門用來歌頌公司，還規定我們每星期最少上載三個 post 以示效忠。有同事拒絕這樣做，結果 appraisal 被評得好差。」

我之前在網上看見有人抱怨公司強迫員工開假 Facebook account，原來真有其事。「但種有機菜也算有益身心呀，員工還可以吃到健康的蔬果。」

「假的！我捧著有機菜笑哈哈的照片全是假的！」Rebecca 愈講愈激動。

「吓？你不是說公司 P 圖，將你個樣 P 落個南瓜旁邊吧？」

「哼，P 圖還比較好，那些有機菜可是我和同事們親手種出來的，一番心機，有血有汗！我們用私人時間去種菜，星期六日還得輪流返公司淋水，好不容易種出一些瓜菜，HR 竟然即時沒收，拿來做貢品獻給大老闆擦鞋！大老闆經常不在香港，得鬼閒專程返公司吃什麼有機菜？結果全部歸老闆的秘書所有，我拍照時其實心痛得想哭呢，笑都是裝出來的。」

以前打工，老闆生日總有擦鞋仔發起夾錢送禮。所有同事都夾(儘管心裏都在講粗口)，除了我。很多人為免麻煩，就當破財擋災。但其實不夾又如何呢？不會炒我，因為總得有人做實事，但好大機會寫衰我的appraisal，指責我不合群、人際關係差等等。我預咗，I don't care。有錢的話，我何不捐給住劏房的阿婆？有位老闆熱愛收藏古董茶具，一個茶壺三、四萬元，每人要夾過千元「保護費」。腦細很高興，擦鞋仔食住上，連腦細阿媽生日都要我們夾錢送禮，明屈。他媽生日關我乜事？打工，不是來被打劫呀。

Old Seafood
職場必殺技

不論什麼行業，
總有一個五十幾歲、out到爆、
對新事物極之抗拒的上司，
無知的程度令人吃驚。
他們職位高、人工高，
卻是公司的負資產。

工作最忌遇到豬隊友。如果那位豬隊友是你的上司，真係恭喜曬。

可恨的是不論什麼行業，總有一個五十幾歲、out到爆、對新事物極之抗拒的上司，無知的程度令人吃驚。他們職位高、人工高，卻是公司的負資產。

Old Seafood 職場必殺技（一）：挑剔標點符號和行距，證明自己好有見地

朋友 A 的女上司對 social media 深感恐慌，堅拒使用 YouTube、Instagram 或 Facebook 做市場推廣，絕不接受網民評論。女上司天天在辦公室剪指甲、織毛衣或看八卦雜誌。有次 A 把草擬好的信電郵給她批改，她居然把大字標題印著「Draft（草稿）」的信直接轉發給客人，擺明一眼都沒看過這份 draft。當所有下屬都忙到人仰馬翻，她為了證明自己有存在價值，唯有挑剔下屬文件的標點符號和行距，令人不勝其煩。

Old Seafood 職場必殺技（二）：拒絕做決定，爆鑊下屬揹

朋友 B 的上司是 hea 做等退休的大叔，職場必殺技是「拒絕做決定」，因為一做決定就要負責，下屬問他意見總是不置可否，說些模稜兩可的廢話，萬一出事就賴下屬。

每天午飯時間，大叔都會脫掉鞋襪躺在會議室的長檯上午睡（真人真事，會議室的長檯成了大叔的睡床），還一邊點香薰，好識歎。同事們每次開會都覺得好嘔心，不知眼前放文件的地方是否曾放著大叔的赤腳。

為何無能至此也升到高位？因為他們早出世，那個年代香港經濟起飛，而且高等教育尚未普及，只要有大學學位就能輕易找到高薪厚職。就算 keep 住廢，只要沒有殺人放火，大多能保住份工。那為何如此無能仍沒有被公司炒掉？因為要炒一個高職位的人要通過許多繁複程序。更重要的原因是——老闆需要搵人墊底。必須留住一些無能的人，否則自己的廢就太突出了。

人類愈來愈長壽，65 歲才退休是平常事，有些企業還讓高層在 65 歲退休之後留任。如果無能上司今年 55，即是還有十年才退休，我還得忍受這廢柴整整十年。霸住個位數十載，待他終於肯退下來，等了 N 年的繼任人都垂垂老矣了。

來說是非者

一間小學跟一家國際大企業，
「人鬥人」的本質是一樣的。
有三個人或以上，
就有是非。

我以前任職的公司有位女同事H小姐，像個好媽媽那樣很關心我，每天總有一兩次走來同我吹水，問我：「工作辛苦嗎？」「Pantry雪櫃最低兩格唔凍，記得將飯盒放高呀！」她還告訴我老闆的喜好和同事們的關係，免得我踩中地雷。

那時我入世未深，覺得H小姐真是好人，直至另一位同事說女上司對我很不滿意，因為我在背後說她無能。「我沒說過呀！」當時只感到驚訝又委屈，後來才知原來H小姐最鍾意周圍撩人講老細壞話，她會先講一堆「呢個女上司好無能」、「人人都話佢靠擦鞋上位」之類，只要你應了一句「啊，這樣嘛」，H小姐就會立即跟那位女上司說「某某話你好無能呀！」。她也會裝成很關心你的樣子來跟你套料，就算全部壞話都是她自己說的，只要你搭嘴，她就會全部入你數。很多同事都曾經中招，後來她再來跟我講是非，我學精了，只會微笑，裝成很忙，絕不答話，等她無癮自行離開。

H小姐為什麼要這樣做？對她有什麼好處？可能想藉此博取老闆信任，有些信心不足的上司會利用H小姐來收風，監察哪個員工在背後講他的壞話，但也不見得會因此而很信任主動報料講是非的人吧。我曾經在小學任教一年，記得第一天上班，副校長跟我說了一句話：「來說是非者，便是是非人。」很多人以為只是在小學教書罷了，又不是國際企業，人事關係能複雜到哪裏去？後來我發現，一間小學跟一家國際大企業，「人鬥人」的本質是一樣的。只要有三個人或以上，就有是非。

我同時發現不論學歷、財富、背景，只要是群體，就會鬥得不亦樂乎，所以古裝妃嬪宮鬥劇長拍長有，觀眾百看不厭。

當新人的日子

畢業後工作了一段時間，自覺已不算「新人」的時候，漸漸有種「在衝浪板上總算站住了」的感覺。初進社會時不單工作，在人生各方面都受到很大衝擊，只覺徬徨。大概每個人都曾經歷這個階段吧？

韓劇《浪漫醫生金師傅》(*Dr. Romantic*) 第二季講一個醫科女生名列前茅，卻克服不了入手術室的恐懼。她被教授趕走，只能來到一間鄉下醫院，卻在那裏遇到隱世名醫金師傅。名醫惜才，耐心幫助她克服困難，女生終於成為技術超卓的醫生。教授知道了，立即聘她回大醫院工作，女生問：「為什麼您早些時不要我？為什麼我才剛起步，您就放棄我？」

教授說：「哎呀，那時你一入手術室就會又暈又嘔，我要一個不能入手術室的醫生幹麼？」

「那時我做得不好，什麼都不懂，您可以教我呀！」

這好比一個女人嫌棄丈夫窮，於是跟他離婚，後來丈夫出人頭地，女人就大喊「我好愛你！」。可以共富貴，拒絕共患難。雖然職場理論上不講感情，但如果工作除了利益就什麼都不在乎，這樣的人生也沒有什麼意義可言吧。

除了這個女生，金師傅還讓不可一世的院長兒子和衝動魯莽的小流氓在鄉下醫院工作，教導他們成為仁醫。位高權重的院長嘲笑說：「你為什麼要收留這群失敗者？」

金師傅回答：「他們不是失敗者，只是有傷痕的人。」

職場上的人渣很多，但要是你問我哪一種是賤中之霸，我會說是利用自己的職權去欺淩弱者的人，例如性侵下屬或欺淩新丁。的確，有些新人糟透了，連基本禮貌都欠奉，毫無責任心，就算前輩有心教都無心學。那跟學業成績或家境無關，而是態度。但也有新人很想學，起步的時候有沒有人肯教，有沒有人肯給予機會，會影響他一生。世上又有多少人如此幸運，能遇到他們人生裏的「金師傅」？

出租淚療師

同一件事由俊男來做很浪漫，
若是醜男，
女人就會覺得被非禮。

當我坐在公園的鞦韆上喝著咖啡，心想要是能天天過著這樣平靜的日子有多好，手機傳來 Philip 的訊息，附有一則關於日本「到會」小鮮肉去公司給女職員擦眼淚的報道。

日本公司 ikemeso 的創辦人認為哭是宣洩情緒的好方法，希望日本人不要再抑壓自己真實的情感，尤其是女生傷心時最渴望有人呵護，於是想到「出租淚療師」必定大有市場。

那實際上是如何運作呢？2015 年剛成立的時候，這間公司出租暖男到女生的家一起看悲劇電影，待女生哭得一塌糊塗就幫她擦眼淚，但不久他們就發現職場才是女人累積壓力的主要來源，於是推出「到會公司」服務。「出租淚療師」會帶著寵物或老人過世之類的悲情電影到公司播放，當女職員看得痛哭流涕，俊男就會走到女生身旁溫柔地用手帕拭去她們臉上的淚珠，還聲稱這服務可以促進同事之間的感情，因為平時都是女強人的模樣，很少會看見大家流淚，如今一哭，距離也突然拉近了。

「幾錢？」我用訊息問 Philip。

「7900 Yen。」

「你想轉行？」

「我最怕女人喊。」

「那你為什麼告訴我有這種服務？我看來像有這個需要嗎？」我一邊打這個訊息給 Philip，一邊上這間日本公司的網站看出租淚療師的 catalogue，樣貌很重要，同一件事由俊男來做很浪漫，若是醜男，女人就會覺得被非禮。世界就是如此不公平。這間公司的男淚療師都是典型日本 style，白白淨，前面的頭髮掩著半邊面，沒有我喜歡的齋藤工那種類型，我就不幫襯了。我也不愛看老人或寵物的悲劇電影，悶死人，最好能看恐怖片，上次那個跟我一起看 *The Shining* 的男人嚇到面青，之後還要去買熱茶定驚，我寧願自己一個人看電影來得自在。

「你不是有個小學同學在日本嗎？她可以到會呀。」Philip 說。

「啊，你話 Molly？她的確是在東京，那時說在香港工作悶了，很瀟灑地去日本讀日文，結果在東京住了整整一年，那次我去探望，她竟連問路的日語也不會講。到會淚療師簡直就是浪費金錢呢，沒有字幕的話她根本完全看不懂電影，哭不出來又如何給她抹眼淚。」

阿姐荷爾蒙失調關注組

女上司日理萬機，
忙到連廁所都唔得閒去。
為節省時間，
她叫男助手一齊入女廁，
要他在廁格門口take notes。

上文提到日本人發明了出租淚療師服務，「到會」小鮮肉去公司為女職員擦眼淚，聲稱有助排解工作壓力。

我坐在公園的鞦韆上喝咖啡，看著地上的鴿子啄麵包碎，忽然想起一位急需這套服務的朋友，馬上把資料傳給 Felix：「FYI，快點到會小鮮肉去公司幫你阿姐抹眼淚！」

Felix 將資料分享到同事 WhatsApp group「阿姐荷爾蒙失調關注組」。他那位五十多歲的女上司從未拍過拖，同社會嚴重脫節，下屬提出任何新構思（尤其跟 online 有關）全都被她拒絕，審批下屬的文件總是瘋狂改標點符號和 font size，否則她就會廢到連自己也感覺變透明了，但每次出 trip 她卻萬分積極搶住去免費旅行，同事們最怕隨行，要幫她搬行李、點餐、搶購大堆紀念品……是 24 小時 on call 的奴隸。

一名男同事雖然不是什麼俊男，但勝在不怕犧牲。有次阿姐出 trip 期間風濕腳發作，走路一拐一拐，又恰巧肚瀉，真是禍不單行，這位男同事竟然抱阿姐去如廁！係愛定係責任？眾人都看傻了眼。「暖男」辯稱純為日行一善，這麼有愛心，又不見他去深水埗孭阿婆上樓？

「暖男」深受阿姐重用，卻沒想到做了五年公公，忍辱偷生，阿姐到頭來竟從外面請來自己友空降也不肯給公公升職。阿姐享受公公的服務，心裏卻是瞧不起他的。公公憤然辭職。

那麼對一眾同事來說，當務之急就是找另一個公公來平衡阿姐嚴重失調的荷爾蒙，這樣所有人的日子都會好過一點。從日本包一團淚療師到會給阿姐，wow，不就是阿姐這類有錢有學識的高級港婦所追求的 luxury ？

我以前做過一份工，那位女上司更誇張。幸好不是我直屬的部門，而是隔離 team。她的男助手 H 君工作表現其實是正常的，但不知何故這位女上司非常憎厭他，無緣無故都會把他罵個狗血淋頭，真是「躺著也中槍」。女上司凌晨三點突然想到有事吩咐就會致電助手，H 君一接電話就被罵。「死咗去邊？響四吓先接！」女魔頭叫 H 君把高跟鞋拿去擦，回來又被罵。「你營養不良視力有問題嗎？你沒看見這高跟鞋擦完等於沒擦？」而她罵人也很會挑地方，特別喜歡在大廈 lobby 罵下屬，為什麼？有迴音喔──「你白癡癡癡癡癡癡……㗎？」嘩，拍武俠片一樣，幾有氣勢！

女魔頭日理萬機，忙到連廁所都唔得閒去。為節省時間，她每次都會叫男助手一齊入女廁，要他在廁格門口 take notes。好臭……H 君既要掩鼻，又要抄筆記，最擔心隨時有女人進來大喊色狼，要是 H 君自辯：「唔關我事！是女上司命令我入女廁抄筆記！」荒謬成這樣會有人相信嗎？女魔頭會承認是她要男助手入女廁這麼變態嗎？最後當然一切都會推在 H 君身上。

其實我覺得上司責備下屬是沒有錯的。我做錯了，上司來罵，我完全可以接受。然而有些責難是純粹侮辱，拿下屬來發洩情緒，利用自己的職權去侮辱別人，這就是人渣。

那何以 H 君不反抗呢？要他入女廁，其實他大可以 say no，除非覺得人一世物一世，怎麼都要入女廁參觀一下吧，我問他為何不拒絕上司的無理要求。

「咁易咩？我要供樓，個仔仲讀緊小學……」

Alright，又係身不由己。到了最後，這是個人選擇。是的，尤其當經濟環境較差，搵工並非一時三刻的事。但 H 君三十多歲，大學學歷，在香港總不至於餓死吧？是否只剩「入女廁抄筆記」這條路？有些員工之所以被老闆食住，任其欺凌，就是因為「睇死你唔敢辭職」。

換了是我會怎樣做？我首先會跟她理論，若沒有改善，我就會辭職。我需要供養父母，同樣有經濟壓力，但這是我的職場座右銘——大不了洗碗。有人覺得洗碗是低下的工作，我卻十分尊重洗碗工，我也不怕辛苦，一份薪水不夠就做兩份。有段日子，我同時做四份工。

「洗碗精神」就是說人生可以有其他可能性，不一定要忍氣吞聲被侮辱。你若有這種洗碗精神，就沒有一個老闆可以「大」到你。

九個月後，H 君終於辭職，他找到新工作了。或許有人覺得轉工不就是由一個火坑跳進另一個火坑？但至少 H 君不用再忍受那陣「屎」味。在這世上，所有事情都是相對的。

從「偷情事件」分析 time management

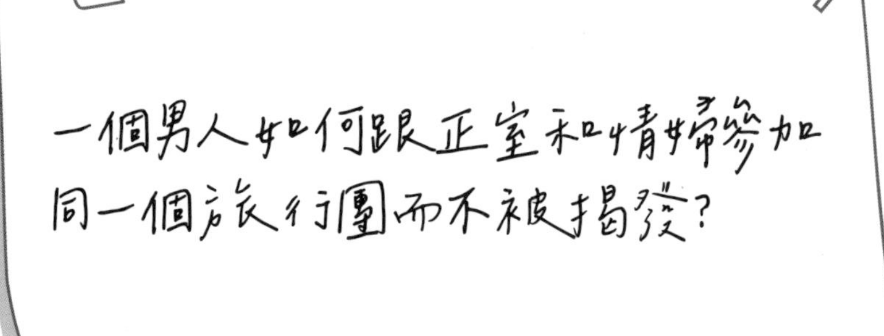

一個男人如何跟正室和情婦參加
同一個旅行團而不被揭發？

有本書我寫了廿幾年，如今已經寫了一百萬字仍有排未寫完，書名倒是早就想好了，叫《十萬個為什麼》。你不覺得嗎？人類實在有太多讓你抓破了頭皮也無法理解的行為。人類雖然擁有語言，卻不等於能夠表達自己。禽獸沒有語言，可是牠們的行為比人類合情合理得多。攻擊，是因為肚餓（人類作出攻擊卻可能有五百個理由，例如愛）；冬眠，是為了在嚴峻環境下保存實力以待春天的來臨（有些人卻一年四季都在冬眠，他們的春天永不來臨）。

荒誕難解的行為也見於日常生活裏。比如說，有些人經常講大話。為了吹牛、掩飾過錯、推卸工作……這些都不難理解。令我想爆頭也不明白的是，為什麼明知大家都知道他在講大話，依然若無其事地繼續講？例如有人說：「我上星期同 Andy Warhol 食飯。」大家投以「你又去問米」的眼光，那人仍繼續說「佢話想同我傾吓合作」。《十萬個為什麼》根本不夠版位刊登人類的怪行。

又例如我認識一位女士，她的丈夫是牙醫。夫婦倆一起參加旅行團，女士發現同團另一位女團友竟是丈夫的情婦，就住在隔壁房間，女士立即提出離婚。偷食，我明。但有必要跟情婦和正室參加同一個旅行團嗎？這傢伙到底為什麼要這樣做？方便真的這麼重要嗎？我知男人在好色方面，數百年來並沒有因為文明和教育而提升水平，但我實在無法明白為何一個 reasonable human being 會這麼白癡，於是我問 Philip，他說：「經常都從新聞看到有人偷客戶的錢，偷公司的錢，結果被拉去坐監。罪犯做案的時候並不認為自己會被抓的，這個牙醫也不認為會被老婆揭發，相反他覺得自己好聰明，以偷情來說效率很高嘛，可以去 Harvard Business School 教 time management，既然大家都想去旅行，就不如一齊呀！也虧這傢伙想得到，哈哈哈哈──」

「可是單帶情婦一人去旅行不是更輕鬆嗎？就說 business trip 老婆也無可奈何呀，他為什麼要──」

「王小姐，罪犯的思路跟正常人是不同 channel 的。」

「但我不明白──」

「唔該！甜品可以上。」Philip 揚手召喚侍應，不再理我。不然就用一句「你啊小說看得太瘋了」來打發我。

Fine！那我就放棄理解博大精深的男人偷情學問（明明只是下體指導腦袋的野獸最低層行為，卻裝成「策略性高效三贏方案」），轉而談談萍水相逢的交際吧。在一個晚宴上，一位中環五星級酒店的 PR Director 截住我大聲喊：「你係王咩呀？王……王迪咩嘩？係咪呀？」我很明白要記住我這些二打六的名字十分困難，但既然她的記憶力這麼出眾記得我姓王，叫我王小姐不是更簡單嗎？又或乾脆說聲 hello 也很得體。因為她任職的是中環一間國際知名五星級酒店，我心想，無理由呀，咁都請？急忙翻翻日曆看那天是否愚人節，不是啊……我開始動搖，有病的到底是誰？也許是我。我對「基本禮貌」的理解異於常人，更不要講 etiquette，媽呀這個英文字好深。

再舉個例：我收到一個這樣的電郵：「我不是你的忠實讀者，我知你即將開 talk show，我也不打算來。我有感情問題，想問吓你我應該點做。」令我難以理解的是——點解佢認為我會答佢？不是我的讀者不要緊，不來我的 talk show 也完全沒關係，但有什麼必要告訴我？我不需要客套話，更討厭擦鞋，問題在於基本禮貌——the way you greet a stranger。電郵可以簡單地說：「你好。我有感情問題，請問我應該點做？」我自己寫信給陌生人，除非年紀比我小很多，否則一律用「您」而不用「你」，但這是個人選擇。在當今世道，似乎大家對「基本禮貌」的定義也很浮動。

入 Big Four 還是選港姐？

我們總是在一開始的時候
抱著滿滿的期望，
一大堆計畫，
準備大展拳腳。
可是當夢想真的實現時，
卻又發現不是我們所預期的……

上大學的時候，幾乎所有讀商科的同學都夢想入 Big Five。後來 Big Five 變成 Big Four，眾人仍是以「入到 Big Four」為第一個人生高峰，熱切期待著把生命最美好的青春歲月奉獻給四大會計師行。

我唸的不是商科，但曾有段時間經常跟一個主修 BBA 的同學一起玩，在此稱她 Carmen。那時 Carmen 跟大夥兒一樣發夢都想入 Big Four，但沒有獲聘，她見工作未有著落，便打算參加香港小姐選美。正準備去面試，Big Four 突然來電說 Forensic 部門請人，問她有沒有興趣，她當場 say yes，就放棄選美了。那時 Forensic 還未像今天這般流行，其實 Carmen 也不知具體要做什麼，但她說「能入 Big Four 就算掃地也是好的」，更重要是入「四大」是父母一直對她的期望，覺得「大公司」夠穩定可以做一世。我提醒 Carmen 千萬不要讓父母知道之前有 Big Five，再之前有 Big Six，怕老人家崩潰。

上班後，Carmen 確實有一陣子覺得 Forensic 的中文名字「法證會計」型到爆，一聽就知是查案！感覺就像拍電視劇。誰知查就是查，卻是替客人調查老公有沒有包二奶。一位 client 想同個衰佬離婚分身家，於是僱用會計師行調查她丈夫的開支紀錄，抓住包二奶的證據，同時查清丈夫有沒有藏著私己錢。整整一年，Carmen 每日的工作就是逐張查看這個男人去桑拿、劈酒和各項飲飲食食的單據。她以為入會計師行是做會計的，不明白為何變成捉姦。

結束「捉姦」項目後，Carmen 開始經常往大陸跑。被客人拉著去 KTV，「我不知那些人把我當成小丑還是小姐。」可是當她看見連老闆都要唱《愛拚才會贏》，她這種小職員又如何能倖免於陪唱？

對 Carmen 來說，那是一段辛酸的日子，然而沒有人能料到世界明天會變成怎樣。十年後，Forensic 在全球大行其道，但凡在這方面稍有經驗的人都極為搶手。她也早已不再任職 Big Four，起初被大企業高薪挖角當 in-house，之後再三次被挖角做相關工作，薪水以幾何級跳升。諷刺的是，Carmen 直言「法證會計」跟「會計」沒有關係，這一行甚至有很多人沒有會計師牌，也沒有讀過會計。

回想起來，如果當日一開始就獲 Big Four 聘用，她就不會涉足那時尚未流行的 Forensic。如果當日 Big Four 沒有來電邀她做 Forensic，她就會去參選香港小姐。看看其他佳麗的水準，Carmen 毫無疑問會奪冠。Oh wait……又或者可能三甲不入，但當選最上鏡小姐？據說那些一早被電視台相中力捧的佳麗，都內定不入三甲，好讓她有時間立即拍劇。一瞬間的抉擇，往後就是兩場截然不同的人生。

我們總是在一開始的時候抱著滿滿的期望，一大堆計畫，準備大展拳腳。可是當夢想真的實現時，卻又發現不是我們所預期的。人生按計畫發生的事情多半都很悶，偏離計畫的事情則讓人措手不及，就看你如何把握。

如果沒有管理層

很多「管理層」嚴重離地，
根本不理會同事實際工作的需要，
製造關卡拖後腿，
申請 budget 做 BD 慘過
跪求他們借錢！
他們自己出公司數吃飯喝酒、
美其名 business trip
其實免費豪華旅行卻花費無上限，
肥上瘦下……

打工仔有很多 frustration。Well，做老闆當然也有很多 frustration。僱傭關係就像婆媳關係，兩邊都覺得自己吃虧，對方付出不夠，我對你這麼好你這傢伙卻不知感恩。也許是為了將「婆媳關係」包裝得客觀和科學一點，於是有人發明了「管理學」，由管理層來執行。

我相信世上一定有非常出色的管理人員，只是我做過九份工都沒有遇過而已。就我個人和身邊朋友的經驗所知，大部分「管理層」的工作就是令你無法工作。一方面迫你跑數，同時認為生意會從天上掉下來。向管理層申請 budget 做推廣或請客食飯做 BD，慘過跪求他們借錢！他們要不是直接拒絕，就是要你拿出證據，證明花了這個金額的推廣費必然可以帶來多少倍的營業額，證明某某吃了這頓飯必然會給你多少生意額。我好擔心這些管理層誤墮騙案，想提醒他們若有誰說投資必賺，性交必然可以轉運，付錢祈福必然會令你全家幸福，那必然是神棍。我發現花在跟管理層解釋、游說、吵架的時間，比用於實際工作上的時間還要多。那為何這種給工作拖後腿的弱智制度，到今天仍被世界各地的企業廣泛採用？因為這個制度並不弱智，而且非常符合人性。所謂「管理」，其實就是平衡，利用一種勢力去制衡另一種勢力，防止一方獨大威脅到權力核心。員工是做實事的，公司靠他們賺錢才得以營運下去。立功，就會想要功，向公司提出諸多要求，想作反？於是就由「管理層」去壓住他們。

然而實際運作起來是怎樣呢？除非那是 Hermès，躺著也有一大堆女人爭相把鈔票抬進來，不然任何品牌都需要宣傳推廣。很多「管理層」卻嚴重離地，根本不理會同事實際工作的需要，拒絕配合，還製造關卡。他們自己出公司數吃飯喝酒、美其名 business trip 其實免費豪華旅行，卻是花費無上限，肥上瘦下，做到汗流浹背的員工又怎會服？可是你不服還是得繼續忍，因為就算辭職，去到其他公司也是一樣。因此所有人的夢想都是有天自己成為管理層，那就可以成為肥上瘦下的得益者了。

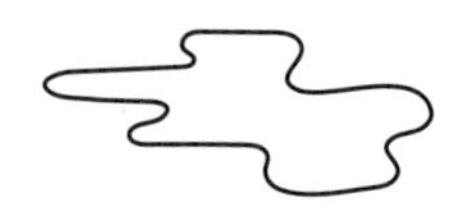

我從打第一份工就想，如果世上沒有管理層，人類文明大概會比現在進步許多，經濟效率高很多，我們的 quality of life 也會比現在高得多呢。

那天跟舊同學 Sandy 吃飯，她在一家歐洲護膚品店做 marketing，CEO 是一個五十幾歲的阿姐，也就是職場上令人聞風喪膽的「女上司」──她竟拒絕任何可以讓公眾留言的推廣方式，因為品牌的「尊貴地位」不容挑戰，換句話說不接受任何網上宣傳，只能在印刷版的報章雜誌或電視落廣告。我想起穿越劇，她是否由清朝穿越到現代？

Sandy 有氣無力地說：「我首先得給她解釋什麼是 internet，再解釋什麼是 Instagram、Facebook、Wechat、Snapchat、Twitter……有次我們出了個 post 加上 hashtag #HappyWeekend，她罵了我們兩粒鐘，罵我們英文差，錯 grammar，hashtag 的字與字之間怎可能沒有 space！我投降了。我阿姐總是說我們的產品實力這麼強，用過的人都知道，根本不需要浪費一分錢去搞宣傳。」

「她沒吹牛啊，你們的產品是真的好用。」我說著喝了一口咖啡，再補充：「只是沒有多少人知道罷了。」

「唉，阿姐常說有麝自然香，但如果眼前有一百種香味，阿水注意到你？她真的以為自己包了場——包了整個市場！競爭對手多不勝數，好用的品牌何只我們一個？結果就被別人爬頭了，現在很多人連聽都未聽過我們的牌子。我盡力向她解釋必須做網上宣傳，她聽了一會就失去耐性，黑面了，我當然是馬上閉嘴，飯碗要緊呀，賺到錢不歸我，蝕錢又不關我事。」Sandy嘴上這麼說，但心裏還是著緊的。這種情況令好員工非常 frustrated，終有一天心灰意冷就辭職。

眼見一些產品優秀的品牌因為管理太差而被市場淘汰，實在可惜啊。對員工來說，那些不濟的管理層最大貢獻就是放假，當然退休或辭職更好，但他們快活過神仙，工作零壓力，至少能活到 108 歲，不少企業都讓員工延期退休，假定阿姐 65 歲退休，距離今天也還有十年。要她辭職？ You must be kidding。

放棄才會得到？

世事很玄，
千般努力去做一件事，
結果愈用力反而愈得不到。

不稀罕、甚至主動放棄，
權力和金錢竟跑回來撲向他。

登上高位，竟是因為躺平？
當然不是這麼簡單……

跟一位懂占星的朋友聊起，什麼命格的人可以出人頭地。

就以一位我們兩人都認識的前輩為例，這位前輩個性脫俗，對權力、地位和金錢完全不感興趣，只醉心於工作本身。他本來在一家蚊型公司上班，大家都說以你這等才華，困在這小池塘太浪費了吧！他卻自得其樂。於是在蚊型公司從容自在地做了 18 年，因為在專業上表現卓越，行內人都對他刮目相看。一家國際大企業邀他加盟，一登就是頂峰，做 CEO。如此高薪厚職，他竟在完成兩年 CEO 任期後主動退下，即使公司百般懇求續任他仍不為所動，回去專心做他的本業。一年後，另一家名氣更大的巨企邀他出山，權力、地位、薪酬都比之前更高，更重要的是公司容許他除了行政管理，還有空間繼續做自己熱愛的本業。有權有勢有錢還可以做自己喜歡的事，他得到了一切。

世事很玄，千般努力去做一件事，結果愈用力反而愈得不到。這位前輩不稀罕權力和地位，甚至主動放棄，權位金錢竟跑回來撲向他。前任 CEO 要擦鞋、變臉、出賣朋友……所有不要臉的事全都做齊才能爭到那個位置，此人卻什麼都不做，龍椅就從天掉下來。能夠登上高位，竟是因為躺平？

當然並非如此。他不爭權位，卻沒有躺平。大多數人對不喜歡的事都得過且過，這位前輩討厭行政管理，卻依然把答應下來的事做到底，做到好為止，他重視責任和信用，而且最終實力說明一切，他的專業水平無人能及。

「不是每個人放棄追逐名利就能得到名利，成功方法是將自己性格的特質發揮到極致。」那位占星的朋友說，實在太有智慧。所以問題不是「什麼命格的人可以出人頭地」，而是誰人能夠將性格特質發揮到極致。

對於我，看見有人不擦鞋、不妥協仍能生存，還吐氣揚眉，感覺世界仍不至於絕望啊。

最遙遠的距離

人，總是差那麼一點點，
總是距離那美好
的結局一點點。
既然決定出發，
為何來到終點就停下來了？

只差一點點，這就是我此生吃過最美味的芝麻糊。

老實說，我寧願它難吃，這樣的話我中伏一次，忘掉，今後就各行各路了，可這家店那個後生仔偏偏做得非常好。從網上訪問影片知道他下定決心開店，只賣中式糖水，款式不多，夠專注，我欣賞。每朝六點起床去街市買當日最新鮮的材料，默默地幹，話希望做一世。很多客人點楊枝甘露，貪那足料芒果。但識食一定食芝麻糊，最多功夫，也最考功夫。

第一次幫襯，我要了熱芝麻糊，很好，但不熱的，當然也不是凍，就是比室溫稍為暖一點點。很可惜呢，中式糖水一定要熱透才好吃，要不就是將它雪冰了，不凍不熱的模糊溫度令這碗本來極好的糖水變得很不是味兒。

不要緊，也許只是一時失手，我跟店主說非常好味，但要是熱透了會更好啊。第二次，我又要了一碗熱芝麻糊，也來了一碗不凍不熱的。第三次，一樣。第四次，我下單前特別拜託店員需要熱透，結果還是同以往三次一樣。很傻吧？何必這麼執著，失望了兩次還要來第三第四次，還要繼續點中過伏的芝麻糊？

世上努力的人太多了，卻沒有很多人得到幸福。一碗百份百努力去煮但卻不夠熱的糖水，就像百份百努力去砌好一幅拼圖，最後才發現缺了一塊；也像一位百份百努力賺錢想給子女美好生活的父親，後來才發現原來孩子最需要的是陪伴成長的父親。人，總是差那麼一點點，總是距離那美好的結局一點點，在很努力很努力以後就偏離了。初心是讓子女幸福，初心是讓客人吃得滿足。我覺得可惜，因為一直如此努力。

為什麼要這麼挑剔？二十幾蚊一碗糖水你想點？冷熱還不是一樣？不一樣。質素不一樣，態度也不一樣。既然決定出發，為何未到終點就停下來了？

所謂「career path」

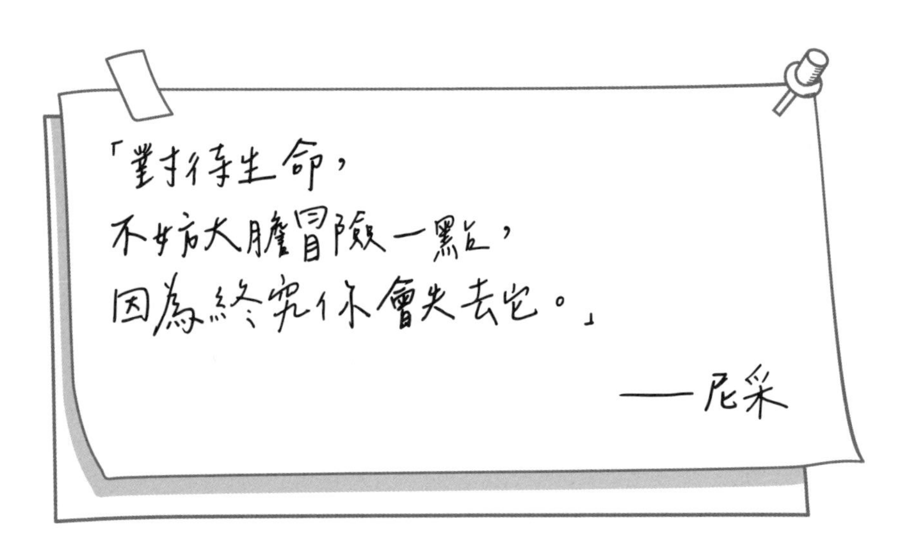
「對待生命，
不妨大膽冒險一點，
因為終究你會失去它。」
——尼采

以往我曾在書中提到我的工作歷程，畢業之後做過九份工。很多人都喜歡問：「Daisy，你的 career path 是什麼？」除非是醫生或演奏家這些需要多年訓練的專業，不然我相信年輕時該作多方面嘗試。尼采說：「對待生命，不妨大膽冒險一點，因為終究你會失去它。」

老實說，我從未想過自己有天會以寫作為職業，但當我開始寫作後，卻強烈地感受到以前做過那八份工對我影響有多深，沒有一份工的經驗會浪費掉，那些經歷影響了我的世界觀。當你親身嚐過不同行業的辛酸，就會更有同理心，看事情也有多於一種角度。這是我自己 educate 自己的方法，你不需要認同我這種方式，但我相信每個對自己有期望的人，都應該找一套栽培自己的方法。教育要靠自己，不能依賴學校和父母。

我大學畢業之後第一份工是在報館當記者。那真是一份令人大開眼界、震撼靈魂的工作。我採訪過大澳火災的居民，深入報道他們後來如何重建家園；吸毒少年、邪教信徒都曾深入傾談；那時政府剛推出強積金，上司還叫我去大富豪夜總會應徵，調查一下夜總會有沒有為小姐供強積金。好明顯以我這副模樣是不會獲聘的，所以我只是打電話過去。放蛇不是問題，我只是不知如何問「媽媽生」：「請問貴公司會唔會幫我供強積金呢？」若要放蛇，由男同事以客戶身份去問小姐們會不會比較 make sense？敬業樂業的我致電過去，一如所料是行不通的，媽媽生在掛線之前都沒有講粗口已經很幸運了。除此之外還有政府官員、議員、醫生、音樂家……昨日才見過身家幾百億的富豪，今天跟社工通宵採訪露宿者。原來世界這麼大，可是一街之隔卻又已是兩個世界。記者的工作雖然辛苦，那份滿足感卻是無法言喻的，我也幸運地遇到肯教我的前輩，到現在我仍對那一場經歷滿懷感恩。

所謂「career path」，是很難回答的。即使到今天，我依然沒有一個特定的夢想職業，作家並非我的志願。對我而言，問題不在於那是什麼工作，而在於你有沒有投入去做，有沒有在你的位置上做到最好，我相信揸的士都可以揸到發光。若真要說什麼抱負，那麼「我的志願」就是當一支手電筒吧。正如日本心理學家河合隼雄說：「一頭栽進去的人才可以真的離開。」少年時候我十分嚮往那種發光的感覺，今天的我仍舊。大概因為這樣，我才有一點點力量在這價值混亂的時代繼續寫下去。

一位認識多年的朋友身居一個重要機構的高位。2023 年初疫情總算過去，我們約出來吃飯。三年沒見，一團負能量正包圍著他。

「你好嗎？」他說：「不好。」「健康有問題？」「不是。」「那還可以不好到哪裏去？」「我所有朋友都離開了，工作上即使想做也是什麼都不能做，我無法改變任何事，廢人一個。」

有一位我們都認識的 C 先生，是個陰陰濕濕的「職場太監」，誰給他好處就舔誰的鞋底，多年來做了不少 dirty work。我問這位朋友：「如果你的職位由 C 來坐，你認為完全沒分別嗎？」他望著我，微微一笑，大家心知肚明，怎可能沒有分別。

也許我們每個人都是為了那一點點微小的「分別」而努力吧，這個崗位由我來做和別人來做，絕對會有所不同。可別忘記，這一點點「分別」刻了你的名字啊。

教小學
竟如此震撼！

老師日日放學相約打麻雀，
節日給家長送牛肉刀，
一所小學的office politics比我
後來任職的國際企業
還要複雜，
我人生第一次被問候娘親
也是教小學的時候。

我畢業後第一份工是在報館當記者，接觸到社會不同階層的人，自然也禁不住思考了很多問題。我認為問題的根源可能是教育，我希望能親眼看看。那時我心想，或許我可以試著做點什麼去改變世界啊……這些話要趁快說，不然 25 歲之後面皮再厚都說不出口。

我辭掉本來做得不錯的記者工作，來到一間服務基層孩子的小學教書。當時入世未深的我有很多大感震驚的地方，但我必須強調，雖然以下全屬真人真事，但也只是我的個人經歷，並非世上所有小學教師都是這樣的，在我的讀者當中就有充滿熱誠的好老師。

我想說的是，我們以為小學生不過十歲八歲，長大後他們就什麼都不記得了，其實只是大人「以為」如此。孩子記得，甚至記一世。不妨問問自己是否也有童年的片段至今記憶猶新？父母、老師或其他大人當時跟你說過的話，讓你一直記到今天？別以為孩子年紀小就可以對他們信口開河，講過唔算數，以為撒個謊無傷大雅，心情不佳就隨口罵句傷人的話，那會影響別人一生。

老師日日放學相約打麻雀

那時我們是上午校，中午就放學。但其實老師在放學後有很多工作，改簿、備課、製作教材、草擬試卷、開會、進修，有時要帶課外活動，進行朗誦或音樂比賽訓練等等，主任還要兼任行政工作。令我驚訝的是，有一群老師每日放學後都會相約打麻雀，一星期打五天，他們大多是五十歲以上的「資深」教師。上午是教書同事，下午是麻雀腳。我放學後有時會繼續工作忙到晚上，他們卻這麼得閒？這大概是因為他們教了三十年書，經驗豐富，無需準備什麼吧。

By the way，我第一次知道同事們這麼熱愛打牌，是從一個小學一年級的學生口中聽來的。這孩子裙拉褲甩地追著我問：「老師，可以教我這個英文字怎樣讀嗎？明天默書啊……Mrs Ma 唔得閒教我，佢話趕住打牌……」

給家長送牛肉刀

那年中秋節，一位五十歲左右的老師負責購買禮物送給「家教會」的家長。我見接放學的位置聚集了一群家長，神情有點詭異，與其說憤怒，不如說他們滿臉疑惑。一回到教員室，我就聽見同事們圍起一個個小圈子，不時爆出一串串笑聲。原來那位負責買禮物的老師竟給家長每人送贈了一把牛肉刀！校長張口結舌地問她「點解要咁做呢？」，她說去到吉之島，個「sell 屎」話日本人在中秋節送牛肉刀代表幸福。愛因斯坦曾說，只有兩樣東西沒有極限，一是宇宙，二是人的愚昧。最後，學校向家長道歉，收回牛肉刀。我不知那些家長收到禮物時是否覺得幸福，只知若然你的孩子受教於這位老師，必然會捏一把汗。

肥婆奶奶

我在教小學那年學到很多新「詞彙」，沒料到後來寫作大派用場。我曾在專欄用「肥婆奶奶」來形容婚後的白雪公主。說實話，我教小學之前並不認識「肥婆奶奶」這四個字，我本來是很純情的。

一日，隔離班的班主任對我說：「你睇下嗰個肥婆奶奶！」我話：「吓？邊個呀？」我以為她指校長，誰知原來她指班上一個胖胖的一年級女生。有幾位老師對孩子很有愛心，但其他老師都是打份工，很多講明貪教書假期多，人工又高，或者讀書成績差，考不入其他科才「迫於無奈」教書。一位將近退休的前輩教我：「見家長的時候，你無論如何必須稱讚孩子，否則家長會投訴你。但好多細路一無是處，又醜又蠢，長大都不可能有出息，實在連一個可以稱讚的地方也沒有。那怎麼辦？這種時候你就稱讚孩子的髮夾，讚髮夾好靚，這樣就過關了。」

同事之間暗箭橫飛，吵架出神入化

我做過九份工之後得出一個結論——國際企業的 office politics 還不及一所小學來得複雜。那小小的一間學校，教師竟然可以分成 N 個黨派。有次某女教師傳出懷孕喜訊，我聽到她與另一位女教師的對話：

「死敵」笑瞇瞇說：「恭喜曬喎，生——得。」

「生咩。」

「我點知你生咩。」

日常對話句句有骨，綿裏藏針，就算很平常的公事也會 take it personal。

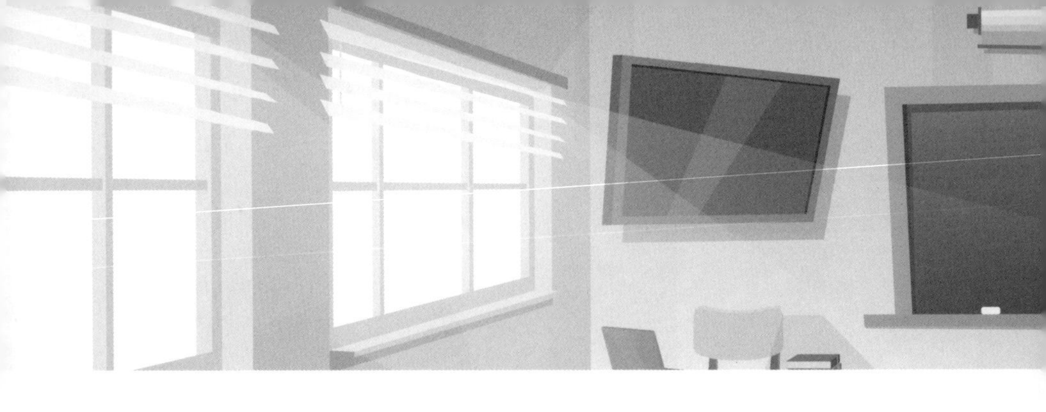

平生第一次被問候娘親

我這輩子第一次被人問候娘親，就在我教小學這一年。不是同事，更不是學生，而是家長。那導火線是一件超級小事，一個小學二年級女生的媽媽遲了來接放學，而學校前門剛巧因為修路而暫時關閉，於是我請這位家長步行一分鐘去側門，她就當場問候我阿媽。

其實這件事本身並不令我意外。那時另一所老牌名校也願意聘用我，但我想接觸基層家庭的孩子，所以選擇來這所小學，我班上超過一半學生來自單親家庭，有父親因販毒正在獄中，有父親毆打妻子致頭破血流，有孩子從未見過親生阿媽，也有孩子繼母都換了四次，

家長的背景我是大概理解的。令我震撼的是當時這個小女孩望著我的眼神，我到今天仍無法忘記她眼裏那份無地自容，彷彿想立即挖個洞鑽進去。我所能做的只是給孩子一個微笑，用眼神告訴她不要緊啊，這不是你的錯。朋友可以選擇，老公老婆可以選擇，但父母是不能選擇的。

現在偶爾我會想起這個小女孩，不知今天她過得怎樣？但願她不受原生家庭束縛，但願她為自己努力建立的人生而自豪。

老細還是腦細？

中環怡和大廈佈滿
一個個圓形玻璃窗，
中環人稱這為
「ten thousand assholes」，
日日返工俾人插。

曾收到一位讀者的電郵，說我在書中寫錯字了，他指我寫「腦細」是錯字，正確該為「老細」。

用「腦袋細小」來形容令人討厭的「老細」，挺傳神的。借其諧音，「腦細」就成了潮語。上級靠什麼來讓下屬臣服？靠 know-how。我無法解決的問題，一落在上司手中便迎刃而解了，我服。然而在我個人的經驗裏，很少遇到能解決問題的腦細，通常腦細都是製造問題的人，或腦細就是問題本身。Well，你可以說無論哪種寫法，打工仔對「老闆」這身份本來就帶有偏見，因為每個人心裏都認為自己才最有資格做老細吧。我在這本書中兩種寫法並用，要是那篇文章描述的老闆腦袋不算太小，我就會用「正字」老細作稱呼。

中環怡和大廈頗能代表上班族的心情。這座大廈佈滿一個個圓形玻璃窗，中環人就稱這為「ten thousand assholes」，什麼意思？日日返工俾人插。我完全明白為何那麼多打工仔會抑鬱，因為我們每日至少在 asshole 內上班八個鐘，實在很難跟人說「我好 enjoy 呢份工」。返工又為何會日日俾人插？那就真的要感謝腦細了。

我在另一篇文章提到我曾任職一家企業，升職論年紀，不是年資，也不論工作表現，遊戲規則只有一條——鬥老。那時我二十幾歲，女上司講明無論我表現多好都不會升我，因為我不夠老。當時一名部門經理因為嚴重犯錯而被炒掉，但爆大鑊之後總得有人拆彈，部門內卻沒有人可以升正，急需找人頂上，管理層想起我，但我不夠老，怎麼辦呢？

他們想出一條「妙計」，那就是讓本身是助理經理的我「暫時」升做經理三個月，那麼公司裏的耆英就會覺得，啊，暫時啫，睇個嚫妹風光得幾耐？心裏就舒服得多了。而且這三個月的「臨時工」擺明就是揾人執屎，爆鑊之後也很可能在拆彈過程中爆更大的鑊，誰接手都有可能成為代罪羔羊，並不值得妒忌。萬萬料不到這死嚫妹在這三個月實在做得太出色，老闆很希望我能繼續擔任經理一職，但為免耆英同事們不開心，就問我：「你能不能繼續做經理，而我們付你助理經理的薪金？」

我反問這位腦細：「你能不能幫你老公生仔，但不做他的老婆？」

初出茅廬之一

你有女朋友嗎？

七成似人林明禎的女同事
穿上超短迷你裙，
男同事們好像目睹恒指
衝上四萬點那般異常激動。
她風情萬種地來到富二代面前，
劈頭就問：
「你有女朋友嗎？」

每個 office 都需要一個 pantry。不是用來沖咖啡，也不是要來叮飯。咖啡機和微波爐只是道具，用來掩護 pantry 的真正作用，那就是讓員工精神排毒，亦即講是非。

在我的打工生涯裏，pantry 也著實留給我不少回憶。初入職場的時候，有次我在 pantry 沖咖啡，一個女同事一邊叮公仔點心一邊悄聲問我：「Hey，你知道新來那個男仔的 daddy 是誰？」我說那要問他的母親。女同事就以「跟閨蜜分享秘密」的語調說：「上市公司主席個仔，富二代呀！」

這位女同事 24 歲，樣貌身材 overall 有七成似林明禎（別太挑剔，七成已很不錯的，足以讓她成為全公司的女神）。第二天回到公司，這位「疑似林明禎」穿了一條超短迷你裙，男同事們好像目睹恆指衝上四萬點那般異常激動。她踏著一雙四吋高跟鞋，風情萬種地來到富二代面前，劈頭就問：「你有女朋友嗎？」那男生當時的表情好像剛剛被人非禮，後來才知原來他喜歡的是另一位男同事。

然而在這 office 那群異性戀麻甩佬眼中，這「疑似林明禎」的行為徹底推翻了他們從小到大被灌輸的一套價值觀——他們一直以為只要憑自己努力賺錢，買車買樓，那就不用追女仔，而只會被女仔追。正因如此，人生才值得每日花 13 小時在辦公室，對著那位長期荷爾蒙失調的老闆。可是如今一個乳臭未乾的小子，就是因為有個上市公司主席 daddy，居然什麼也不需要做，單是坐著呼吸已有美女自動撲埋身。那我們明天上班到底為了什麼？

這個問題他們思考了很久，提升到哲學層次。我每日上班都看著他們上演一幕幕「中年維特的煩惱」，質問蒼天「何以我爸是窮 L」。

初出茅廬之二

他是大老闆的世侄，還是私生子？

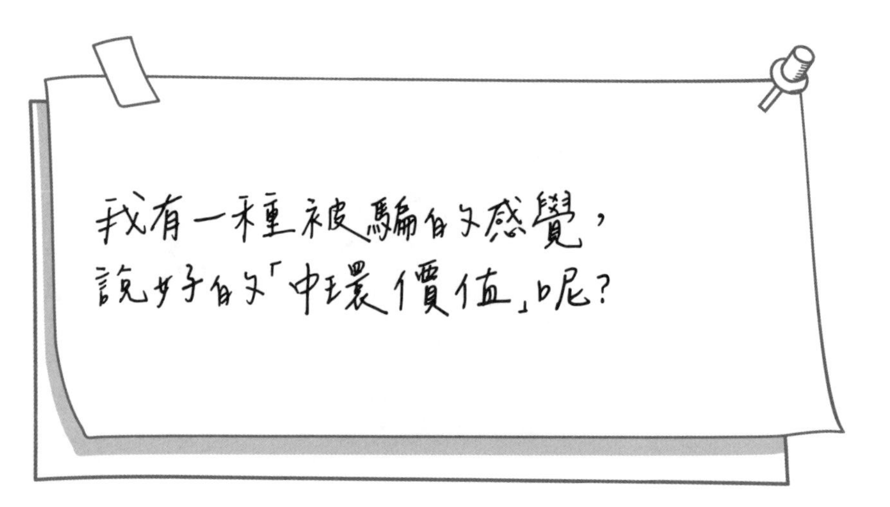

我有一種被騙的感覺，
說好的「中環價值」呢？

上文提到公司的女神主動向新來的富二代大獻殷勤，男同事們睇到眼火爆。但這些事情絲毫不影響我，那時我只對工作本身感興趣，而上司（暫稱 Alex）也給我很多機會。我確實想過，或許能在這家公司做一輩子啊，當然不久就發現自己十分天真。

有日回到公司，氣氛有點異常，原來富二代闖了大禍。我去 pantry 沖了杯咖啡，正準備開始一天的工作，「疑似林明禎」突然走過來說：「Hey，Alex 找你啊。」

我一進房間就被 Alex 破口大罵，現場還有大老闆，好明顯 Alex 是罵給大老闆看的。富二代大概是大老闆的世侄吧，那傢伙闖的禍居然全推在我身上，我的罪名是「沒有好好看管他」，而我不知自己幾時多咗條嚿。我提醒自己必須成熟一點，於是我強忍怒火，甚至擠出微笑，從牙縫間透出一句：「我喝住佢叫佢唔好咁做，佢唔聽——」

「What ？你喝佢？人家初出茅廬，是新人，你點可以喝佢！你會 hurt 到佢！」其實我也是初出茅廬，你不是也在喝我嗎？我能說「好 hurt」嗎？我注意到 Alex 右眼怒啤著我，左眼卻看著大老闆的臉色。我不禁懷疑這二世祖不是大老闆的世侄，而是私生子。是的，Alex 平日給我很多機會，但我後來明白那是因為我跟他的年資相差極遠，無論我表現如何出色都不會威脅到他。今次富二代事件卻可能惹大老闆生氣，直接影響他的個人利益，在這種關頭他必定選擇犧牲我。

若你是職場老鬼，大概會覺得這是芝麻小事，但對那時入世未深的我確是一種衝擊。我有一種被騙的感覺，說好的「中環價值」呢？只要肯努力，有實力，不問背景也可以出人頭地，這就是我們引以為傲的 level playing field。現實卻不是這樣。

Well well well，「level playing field」，這名堂聽來像出土文物吧？我承認我在這方面是有點 old school。後來社會變了許多，龍門的位置浮動，各人的「level」也不再相同。

返工，
到底為乜？

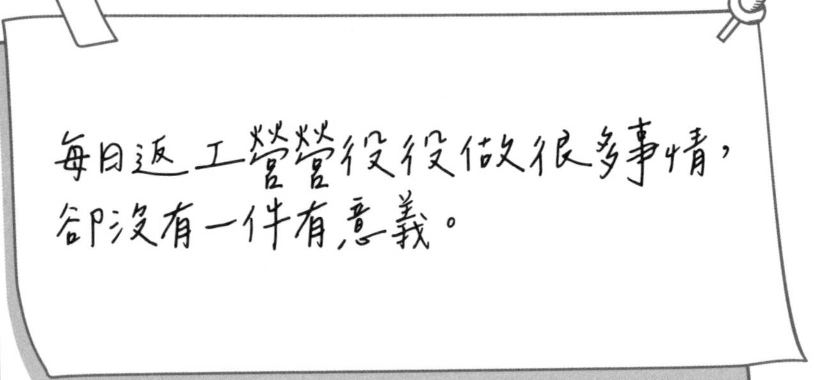
每日返工營營役役做很多事情，
卻沒有一件有意義。

如果你每日返工真心想辦工，而不是扮工，那麼面對身邊呃飯食的同事一定眼火爆。

隨便舉個例，有些同事真的很忙，每日忙著send email，個個email都幾千字，巨細無遺地羅列自己做了ABCDEFG，每個email都必定cc一大堆人。為什麼？方便卸責。萬一出事了，就搬出這些電郵一鑊熟。「嗱，唔好話我當時冇通知你哋呀！單嘢你哋有份㗎！」。當時我的這些同事既非秘書，也非文員，薪水是每月港幣六萬至二十萬的經理、高級經理以至總監，可是每天卻花大量時間在打字上，把芝麻小事記在電郵裏作為卸責的武器，然後我又要寫幾千字email去回覆。我不禁懷疑人生——其實我擔當這個職位本來suppose是做什麼的？每天營營役役做很多事情，卻沒有一件有意義。

那麼我每天上班，有什麼價值呢？很多人都會找方法去 justify 自己的存在價值，例如有些餐廳侍應，不會在乎你正在吃飯或談話，手也會直插下來同你換碟。有好幾次我吃到一半，侍應就來搶碟，幾經「爭取」才得以保住自己付錢買的食物。我和朋友的對話一次又一次被打斷，我告訴侍應無數次，真的，拜託不要再換碟好嗎……為什麼吃頓飯都這麼累？直至我用辣椒油在碟上寫著「請勿換碟」，他們可能以為我寫血書，終於停下來了。

侍應要是站著沒事幹，那即是多餘的，炒得。要證明自己的存在價值，就得不停機械式換碟，客人的感受無關重要。餐廳經理也不容許侍應閒著沒事幹，換碟就顯得服務殷勤，同樣不會在乎客人感受。餐廳老闆看見員工忙著跑來跑去，就點頭心想付他們薪水也讓他們做返夠本，唔好蝕。

不只餐廳侍應，無論你在學校、醫院、office 或任何地方工作，隨著日子一天天過去，你會不會也有一天突然發現自己在不斷機械式「換碟」，忘了這一切的意義？

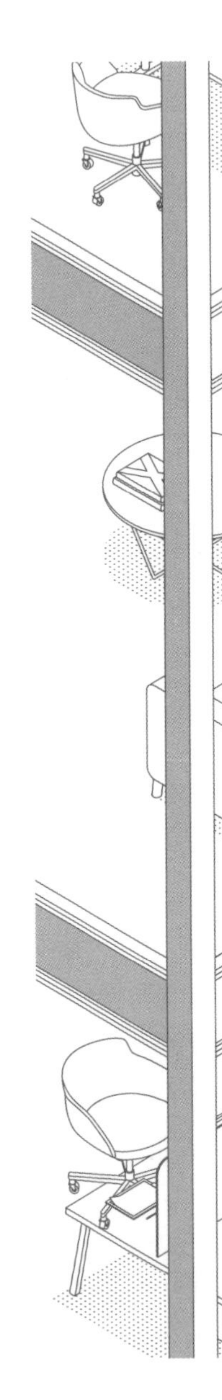

別進廚房

我奉勸各位男士：
如果你的女朋友
（到這一刻為止）
在你眼中仍是女神，
那就不要跟她同居。

我小時候認識一個婆婆，幾十年來每次生病都老遠搭車看醫生，但她兒子明明就是醫生，而且還是同住的，我好奇問她為何不讓兒子診治，她說：「個衰仔點信得過！」那時我很替這個「衰仔」的病人擔心，連懷胎十月養育他的母親也信不過他，把性命付託在這個醫生手裏的病人豈不是好險？

長大後認識了一些醫生朋友，我開始明白那位婆婆的心情。例如我認識一位醫生每次篤熱檸茶總是令水花四濺，吃飯也總是弄得滿身醬汁，檯面又髒又亂，我想像他做手術的情景，不禁倒吸了一口氣，我心目中對「醫生」的印象應該是 neat and tidy 才對啊！ Well，你當然可以說他替病人開腦的時候就會變得「乾淨整潔」起來了，醫生都是受過嚴格訓練的精英，而事實上病人無不對他讚不絕口，尤其表揚他操刀技術一流，也許我對他的「誤解」是因為那杯熱檸茶吧。我另有一位認識了很多年的朋友也是醫生，如果說我的房子亂得像兇殺案現場，那他的家就是五屍仇殺加動物大遷徙過後的荒涼。每次到他家裏憑弔，我都會問他昨天做手術有否把剪刀留在病人的肚子裏。

其實我很明白，工作有工作的專業，跟日常生活的習性是沒有關係的，就如有些頂尖音樂家平常是個毫不起眼的人，但只要一拿起樂器，整個人就像發光似的變了另一個人。何況醫生也是人，不是機器

不是神，日常生活自然跟一般人無異，去診所看醫生時我也從來沒有「個衰仔點信得過」的擔憂，反而跟那人愈近、愈熟絡，心裏就慌起來了。所以我奉勸各位男士，如果你的女朋友（到這一刻為止）在你眼中仍是女神，那就不要跟她同居。網上就曾瘋傳一張外國美女 KOL 在家中的自拍照，背後的雜物堆裏竟有老鼠。她錯在哪？大意。執相只執自己的身材樣貌，忘了執走老鼠。她真實的家是否整潔根本無關痛癢，「女神」從來都是裝模作樣。日本一位專為女明星拍寫真的攝影師曾說，很多人羨慕他能為性感美女拍照，他卻笑言當你近距離看過真實的女星，什麼幻想都會破滅，還說最難忘其中一位女星的內褲有一攤「髒物」，他沒說明那是什麼，但無論那是什麼你都不會想知道。

2019 年疫情出現後，很多公司都曾實行在家工作。一些平日被奉為女神的靚女同事，竟然在 Zoom 視像會議露出真面目。不少男士抱怨女神形象破滅，在家開會的女同事竟連頭也不梳，成面面油，穿得邋邋遢遢，跟平日在公司見面時有化妝打扮的她們簡直判若兩人！

我在倫敦 Tate Britain 看名畫 *Ophelia* 的時候被深深震撼。那是英國畫家 Sir John Everett Millais 在 1851 年繪畫的作品，描繪莎士比亞劇作 *Hamlet* 中的一幕。Ophelia 在河裏漂流，她的生命也隨著河水流逝。她愛的人殺死了她的父親，從此她就瘋了。也許她並非存心自殺，也許她只是在摘花的時候不小心掉進河裏，然後任由河水把自己沖走而已。她並不是輕生，只是放棄求生。她躺在河水裏哼著一首歌，裙子裏夾雜的空氣讓她暫時飄浮著，身體輕輕柔柔像美人魚。然而 Ophelia 的衣服最終還是浸透了河水，變得愈來愈沉重，終於將她從那歌聲中拉到河床……

很淒美吧？但後來我知道在繪畫的過程中，當時 19 歲的模特兒 Elizabeth Siddal 穿著裙子躺在浴缸裏，倫敦的冬天冷得要命，畫家卻因為專注繪畫而沒有重燃為模特兒保暖的油燈，害女孩患了重感冒，事後她父親還發信向畫家 claim 五十英鎊醫藥費，畫家討價還價一輪後同意付一部分費用……什麼浪漫都一掃而光了。常說吃到美味的菜就不要進廚房，是何等有智慧的說話啊。

被寵與被殺
可能只差一線！

任何人一旦覺得自己無可取替，
就會自我膨脹，做出蠢事。
恃寵生驕，有大冇細，
下場就是……

女友人（暫稱 Fion）職位高，人工高，在一對香港夫婦創立的公司上班。

Fion 六年前入職成為 CEO 的助理，老闆夫婦待她極好，六年來她的薪水三級跳，每年還會給她一筆可觀的花紅。全公司那麼多職員，夫婦卻特別寵她。為怕 Fion 工作辛苦，寧願另外花錢請 part-time 也不讓她 OT，每天準時六點收工，每年二十日有薪假，家裏煲湯也會預她一份。有次 Fion 在美國旅行的時候撞車，老闆夫婦立即拋下所有工作，親自飛到美國醫院探望，還花錢聘請當地的私家看護貼身照顧。

「其實你是不是他們失散了的親生女？」朋友打趣問。當然更多人在背後議論誰跟誰有一腿呀，「三人行」呀什麼難聽的話，直至一天 Fion 突然收到大信封，讓她震驚得說不出話來，我們一班朋友倒不覺得驚訝。

我想起年羹堯。有次 Philip 到北京出 trip，在古物店買了一把紙扇給我，上面寫著「朕實在不知怎麼疼你」，我瞅他一眼，他好得戚，我問：「你這是什麼意思？」他笑而不答，喝了一口咖啡。我再問：「朕實在不知怎麼疼『你』的那個『你』後來被處死，你知道吧？」

他召侍應來埋單。這句話是複印雍正寫給大臣年羹堯的御筆硃批，男人老狗肉麻到一個點，真讓人懷疑他們之間是否「hehe」。

年羹堯確實立了不少戰功，但即使如此是否值得被寵成這樣就見仁見智。雍正讓他升職如坐直昇機，讓大臣向他下跪，還送他荔枝，不是說笑，送荔枝真是「愛的表現」，也是臣子受重用程度的政治指標。我們現在隨便都可以吃到，但古時在北方是珍罕之物。荔枝盛產於福建，四月開花結果後，小荔枝樹被種植於桶內，經水路花兩個月運往通州，送抵京城時剛好成熟。乾隆時有記載，太監們細心數過，送達皇宮的荔枝共 220 粒，由於太珍貴，乾隆得認真考慮如何分配，結果皇后分得一粒，皇太后兩粒。你估年羹堯分到幾粒？雍正賜他四粒！

荔枝起初叫「離枝」，意思是剛離開樹枝那一刻最好吃，「一日色變，二日香變，三日味變，四日色香味盡去」。雍正為了讓年羹堯嚐到盡可能新鮮的荔枝，命人快馬經驛站花六天送去西安（當然附有雍正御筆的肉麻句子），中途 delay 了三日。結果九日之後，四粒荔枝當中有一粒「倖存」。

然後雍正把年羹堯殺了。寵成這樣也殺掉？為什麼？有說他貪污（那時個個都貪殺得幾多個），有說他知道奪嫡秘密（這還是「秘密」嗎？）。我就認為會促使老細滅掉一個本來非常寵愛的下屬，只有一個原因——冇大冇細。年羹堯非常囂張，連皇帝也不放在眼內。無論如何捧他，老細始終是老細，恃寵生驕，死路一條。

公司生意旺的那一年，Fion 獲得 80 萬花紅。之後那年生意稍遜，花紅變成 75 萬。她生氣了，深感委屈，不忿自己為公司付出了那麼多，花紅卻不加反減，便在公司周圍向其他同事抱怨少了五萬元 bonus，而其他同事所得一般只有數萬元，有些甚至沒有花紅。獨她獲得厚待，有腦的都不會通街講。不難想像其他同事知道後會多麼憤怒，我們都認為她被炒得太遲了。老細當下屬親生女那般看待，她就真的以為自己是公主。任何人一旦覺得自己無可取替，就會自我膨脹，做出蠢事。

老闆之所以特別厚待 Fion 是因為她是貼身助理，要爆料或放暗箭都是防不勝防，最佳辦法就是收買她，令她發自內心為老闆賣命，巨額花紅其實是封口費，可是這人貪得無厭，三分顏色上大紅。原來對她這麼好也沒有用的，那還留著她來幹麼？

為何偏要
帶情婦和老婆去
同一間餐廳？

曬命如果沒有觀眾，
曬來把鬼？
有些生意賣的不是貨物，
而是賣虛榮心的滿足。

一位朋友小時候家裏開中菜館，有位經常來光顧的客人是在大陸做生意、腋下夾著皮包的典型廠佬，每餐飯埋單都過萬元。男人每星期來一次，每次都會帶一個不同女人，其中一個是他的老婆。

雖然侍應不會踢爆他，但全香港通街都是中菜館，為何偏要帶老婆和眾情婦到同一家餐廳呢？那總有事敗的風險吧？當然，也有可能他老婆一早就知道了，又或他享受的正是在最危險的地方差點被老婆揭破外遇的刺激，然而重點是餐廳侍應——他需要觀眾。看，我就是有本事享齊人之福啊！威風吧？羨慕我吧？有些男人，尤其發了財但文化水平沒追上來的，暴發戶怎麼都要曬一下。曬命如果沒有觀眾，曬來把鬼？有些生意賣的不是貨物，而是賣虛榮心的滿足。

有沒有試過買下一件超昂貴而不太喜歡的衣服，純粹為了對抗售貨員「睇死你買唔起」的嘴臉？買完後悔到不得了，人們一生不知花了多少錢在虛榮心之上。女人拿出去威的除了手袋，還會暗自比較身邊男伴的質素。男人則鬥靚車，鬥權力，鬥錢多。若然這些全部欠奉，那拿什麼同人鬥？我以前有個男上司，大家都在背後嘲笑他無能，可是他做公公的本領超群，而他也心知肚明下屬根本瞧不起他。世道之荒誕在於鬥下流、鬥 cheap 就可以上位，社會竟墮落至此。為了「證明」自己（雖然也不知他 exactly 想「證明」什麼），他在 pantry、走廊、大堂，稍為閒著就會揚手召喚男同事說：「你，過來過來！給你看看我手機裏的美女照片……怎麼了，這個身材很好吧？另外這個才 21 歲……全都跟我有一腿！」連做兼職的大學生都覺得這人太嘔心。

有些人遇到嚴重自信危機，就會做出極愚蠢的行為。明知自己實力欠奉，慌了，發瘋似的亂找什麼來曬，像小丑。

LIVE

蛇王精

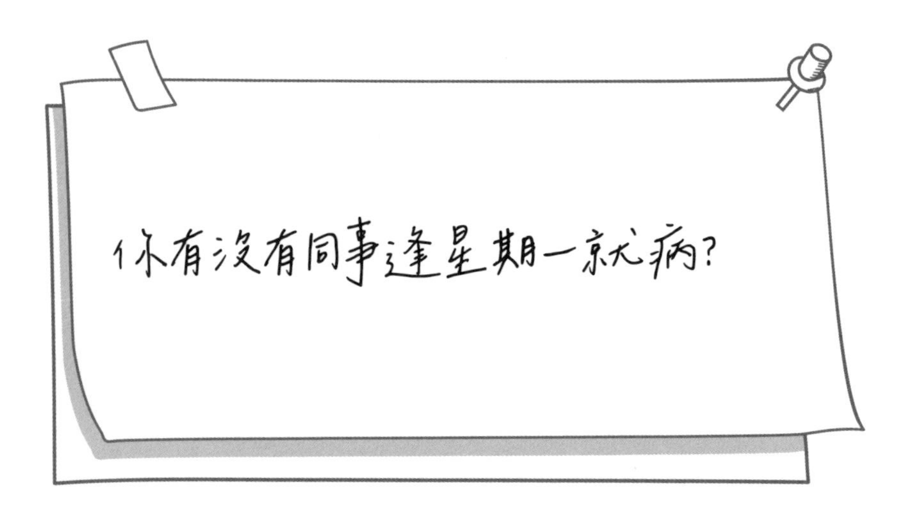

你有沒有同事逢星期一就病？還是偏愛逢星期五？

有些人為了蛇王，什麼都做得出。我曾經有位同事，星期一胃痛，星期二阿媽撞車，星期三父親中風，星期四阿爺上山，星期五父親不敵死神，一星期內闔家歸西。為了蛇王，很多人都會「擺屋企人上檯」，然而那些真正的蛇王高手是不會咀咒家人死的，他們死了，下次怎樣撞車？我有另一位同事經常請假，因為兒子「吸毒」，後來有人揭發她的兒子年僅四歲。她還有個三歲的女兒，說不定會屈個女援交，「幼稚園援交」！

在全香港養著最多懶人的機構，在那兒其中一個部門，發生了一件好「周星馳」的事：

我朋友新調任這個部門的主管，因為員工太懶，積壓個案太多而經常收到投訴。新任主管一看，也實在懶得過了頭，職員大部分時間都在上網煲劇、上淘寶購物、在 pantry 焗蛋糕、閒聊或睡覺。新主管也受到投訴的壓力，卻又使不動那班 old seafood，唯有答應幫班老鬼頂住投訴，而他們則意思意思增加 10% 工作量，幾乎所有人都找不到拒絕的理由，除了一名女職員。她聽完主管宣佈增加那一丁點兒工作量，立即目露凶光，返回自己的座位一手把桌面所有東西掃落地上，全場 dead air。之後每次分配工作給她，她就會陰聲怪氣地說：「慈禧太后的皮膚好滑啊！」或對著你身旁的空氣喊：「Hello！岳飛！」更可怕的是她會跟垃圾桶聊天，並且自稱是「張貴妃」。大家見她「病」得這麼嚴重，當然不敢勞駕她，可是也不能炒掉她，否則就是歧視「病人」。

這位主管怎樣處理？有天下午，當「張貴妃」正在享用新鮮出爐的蛋撻，主管預早約好的女精神科醫生來到張貴妃面前，這位醫生專門處理這個機構的個案，經驗超過二十年。

醫生：「張貴妃，經我觀察，你的病情相當嚴重，我們真的不能再讓你工作，免得令你病情惡化。這樣吧，我跟青山醫院那邊相熟，我跟他們溝通好，已在青山留了床位給你，救護車正前來這裏接你入院。」

蛇王精知道闖禍了，卻不能承認自己扮癲。白車來到，蛇王精指著男救護員尖叫：「別碰我！」女醫生未等她喊非禮已將她按在輪椅上，幾名救護員三兩下手腳就把她五花大綁。入青山要致電通知家屬，蛇王精崩潰了，丈夫要是知道她扮癲扮到入青山一定跟她離婚。

結果，張貴妃沒有服藥，沒有入院，第二天離奇康復，正常上班工作。主管宣佈工作量增加 30%，無人反對，包括張貴妃。

大企業潛規則——「鬥老」而不是「鬥有腦」

這件事教曉我一個
畢生受用的道理——
做人講說話不要太絕。
他朝君體也相同，
在職場兜兜轉轉，
來日方長，
誰都不知誰是最後贏家。

我大學畢業數年後來到一家公司，頗得女上司重用。那時我還處於「少年你太年輕了」的階段，滿有理想，難得遇上「伯樂」，我拚盡全力，希望協助老闆搞好公司。

Alright，I know，若你工作超過五年，聽到這裏應該已經嗅出「伏」味了。的確，那是我職場生涯一次深刻的教訓。

我幾乎一星期七天都在工作，即使離開了辦公室仍會在家中處理公事，全天候留意任何關於我們公司的新聞，平安夜、除夕、年初一我都在辦公室。我把歷任視而不見卻一直損害著公司的問題細心挖出來，整理好，然後撰寫分析報告，提出改善方案。高層這才驚醒原來公司內一直藏著這麼多計時炸彈，全盤採納了我的建議，然後升了另一個跟我同級的職員，並告訴我：「你若不滿意公司的決定可以隨時辭職。」

說這句話的就是那位很重用我的女上司。我關心她多過關心我媽，我什麼都為她設想，可她卻說出這樣的話來，何等無情！我嚐到被「過橋抽板」的滋味。

獲升職的那位同事以懶散聞名，每日準時五點正就會衝出去升降機大堂收工。事情盡量拖，真的不能再拖就把文件直接扔入廢紙回收箱，清潔阿姐問回收箱那一大堆跟全新無異的膠 folder 是否都不要了？好浪費啊，同事們撿起來一看，竟都是急須處理的文件，她就推說清潔阿姐抹檯時不慎一併棄掉。懶到這種程度，女上司仍堅持升這個員工。我問原因，「Seniority。」可是在這個範疇的資歷和相關學歷，我都比她深，她是零，以往的工作經驗和學歷都是完全無關的。「年紀，她年紀比你大。你得廿幾歲，無論你表現多麼出色都一定不會升你。如果升你，全公司都不會服。」

聽罷這句說話之後五分鐘，我遞了辭職信。女上司十分震驚，我不明白她震驚什麼，「你若不滿意公司的決定可以隨時辭職。」我只是按她所說去做。這件事教曉我一個畢生受用的道理——說話不要太絕。

也許你覺得我太衝動，不夠成熟，怎麼受那一點點委屈就辭職不幹了？我沒有衝動啊，因為需要養家，所以是考慮過能否在短時間內找到新工作才決定辭職的，只是我考慮的速度很快而已。同時，我考慮的不只眼前，而是長遠來說留在這裏沒有前途，要鬥老，我是永遠不夠他們鬥的，我無法改變自己的出生年份，就算我努力做出成績也是為他人作嫁衣裳。這裏雖然薪水不錯，但我不想浪費時間，於是當機立斷遞信。

令我意外的倒是女上司之後的反應。她竟裝作完全沒有收過我的辭職信一樣，跟我大談公司未來五年十年大計，以「攜手共建未來」的語調訴說公司（和我）的未來是何等光明，就像男朋友提出分手以後，女人裝作若無其事繼續對男友打情罵俏，找婚紗相攝影 package 和酒席資料，以為是「男朋友一時衝動講分手，我就給他一次機會改過吧！」。我認真地跟女上司一起計畫，同時說明我會把這一切 handover 給新同事，她就眼神空洞地看著我，幾秒鐘後突然滿臉堆笑的說：「下星期一齊去 Mandarin 食 lunch ！」

這頓午飯也不過是重複「攜手共建未來」罷了，這種謊言說得七情上面不覺得滑稽嗎？我在辭職一個月後已在一家國際企業找到工作，薪水比現在多一倍，我亦坦白告訴了女上司。這兒離職需要三個月通知，新老闆願意等我。「哎唷，你這裏的頭髮亂了──」女上司竟突然伸手幫我撥前額的頭髮，我打個冷震，真的需要做到這種地步嗎？連我都不覺得自己這麼重要。其實當日她要升另一個同事，也沒必要對我說：「你若不滿意公司的決定可以隨時辭職。」已說的話，又豈能哈哈哈就當沒說過？

差點忘了升職那位同事。關於她的投訴源源不絕，客人、同事、合作夥伴，全都氣瘋了，交託她的事情石沉大海，發給她的電郵就像被扔入黑洞。女上司召喚她入房，沒有人知道她們談了什麼，只是第二天她就開始 sick leave，直至不能再放有薪病假她就辭職，竟然走得仲快過我！

這次經歷讓我成長了很多。在商業世界切忌付出感情，或許這就叫 professional 吧。沒有感情也就不會痛，我稱這為職場上的「可持續發展」。我轉工後，那位女上司不久就在權鬥中被拉下馬，聽說她四處找工作，兩三年後出任一家中小企的管理層，而我在離職後就再也沒有見過她了。

被同事出賣
而慘死的謀略家

明知江湖凶險，
他仍選擇離開 comfort zone
投身可怕的江湖，
做自己認為值得的事，
不枉此生。

我對「民以食為天」這句說話特別有 feel。不是因為我貪吃，而是想起說這句話的人最終被烹煮了，就很有一點感觸。沒有誇張，他是確確實實被烹殺了。若不是才智過人兼盡忠職守，這人大概不會死得這麼慘吧。他就是古代謀士、型到生命最後一刻的「高陽酒徒」酈食其。

這位秦末漢初陳留高陽鄉（今河南杞縣）人自幼清貧，就是愛讀書，到六十歲仍只在鄉裏當一名類似地保的小吏，但大家知他有料到都敬他幾分。他嗜酒如命，博學雄辯，有「狂生」之稱。他一直靜觀世局，對當時的政客多感不屑。直至劉邦率軍路過，酈食其託一個騎兵向劉邦自薦。門衛說酈食其來了，劉邦問是個怎樣的人，門衛答像個儒生。劉邦鄙視讀書人，就扮忙推說不見。酈食其生氣了，對門衛說：「你再告訴劉邦，我是高陽酒徒，不是什麼儒生！」結果劉邦見了他，邊喝邊談，非常投契。

劉邦今次執到寶，酈食其是隱世高人，能掌握民心，有勇有謀，憑三寸不爛之舌立了許多奇功。他認為陳留是天下要塞，四通八達，糧食充足，施計為劉邦不戰而奪得此地。在這以前劉邦手下不足萬人，攻佔陳留讓他收了一萬多士兵，城中有大量兵器和糧草，實力大增。從此劉邦不再鄙視讀書人。

面對楚漢相爭，劉邦屢敗，心灰意冷，本來打算放棄部分地盤講和。酈食其的金句來了：「王者以民為天，而民以食為天。」原來他看中敖倉是天下糧食的集散地，眼前守敖倉的楚軍戰鬥力低，只要搶到敖倉就bingo。老細照做，果然得米！糧食充足令劉邦戰鬥力大增，跟項羽打持久戰時，有本事漸漸轉防為攻。

酈食其是談判高手，他出使齊國，成功勸服齊王田廣歸漢。人家一心以為做了 friend 便放下戒備，以七十餘城降漢。當時劉邦同時派了大將韓信在附近 stand-by，萬一齊王不肯降服便用拳頭解決。韓信得知酈食其已搞掂齊王，便準備收兵，但謀士蒯通說怎能將功勞讓給酈食其，韓信妒忌心起了，雖然明知齊王已歸順仍出兵突襲，齊王自覺被當傻仔，怒不可遏，要將酈食其烹殺。「高陽酒徒」自知今次必死無疑，面無懼色，拋下一句：「舉大事不細謹，盛德不辭讓。」死時約 65 歲。

韓信雖然打仗未輸過，是名副其實的「戰神」，政治在人類史上也向來骯髒，但韓信用這種下三流手段就叫做 cheap。韓信也是屢立奇功，但老細還是出於忌憚而將他處決，這種下三流的 cheap 事當然由老婆出面，劉邦則繼續扮好人。最後，年僅 34 歲的韓信被呂后以酷刑處死，並誅三族。

有時我會想，如果酈食其從來沒有出山，繼續安安樂樂做他的「高陽酒徒」，不就可以福壽安康嗎？假如他早知自己的結局這般慘烈，會否仍選擇離開 comfort zone，投身這可怕的江湖？回想他死前那句遺言，一副「我預咗」的撇脫，可見他是沒有後悔的。以他的智慧，大概在決定出山那一刻已將生死置之度外。就算不被同事害死，老細最終也會將功臣一一殺死，以免威脅到自己，韓信就是人辦。也許只能像酈食其那樣，做自己認為值得的事。明知江湖凶險仍瀟灑游走，不枉此生。

為老細賣命

且看韓信和歷史上無數功臣，
為老細賣命只有兩種下場：
一，做得差，被殺。
二、做得好，也被殺。
哪類人的官職坐得最穩？
廢人。

剛畢業出來工作那幾年，我做每份工都像不要命似的，每天做十幾小時，年初一也回公司工作，為的是真心想做好件事。後來發現唔對路，為老細賣命通常會有什麼下場？我想起韓信。

打工仔都應該讀一讀韓信的事跡。中國歷史上有很多將軍，只有一人從未輸過，那就是「戰神」韓信。但戰神又如何？最終還是死得好慘。韓信智勇雙全，是軍事天才。他出身貧寒，三餐不繼，但仍寸到不行。要麼不做，要做就做大將軍。他本來效力項羽但得不到重用，於是轉投劉邦，卻還是繼續做茄喱啡，只負責管理糧倉。他提出了「推陳出新」的管理概念，在糧倉開設前後兩道門，把新糧從前門運進去，舊糧從後門運出來，可防止舊糧積存至腐壞，大大減少浪費。今天聽來很普通，並非什麼高 IQ 的發明，超市和便利店都會把快將到期的食物放在貨架前方，加速去貨，但這對於二千多年前的人來說是很聰明破格的，罕有地懂得靈活變通，所以《尋秦記》的項少龍穿越到古代就成為 superman 了。

韓信不被重用，便出走了。劉邦的重臣蕭何聞訊，連夜策馬把韓信追回來並向老闆力薦，劉邦終於答應立韓信為大將軍，而韓信亦不負所望，戰無不勝。他打仗很有謀略，例如一方面派小量士兵假裝重修棧道，另一方面率領大軍抄小路偷襲陳倉，一個假身，令敵人以為漢軍會由棧道進攻，在陳倉毫無防備，結果漢軍大勝，佔領關中。「暗渡陳倉」源於韓信以智謀取勝的風光事跡，今天卻時常用來形容偷情或非法勾當。

韓信好叻，但他是君子嗎？當然不是。韓信像古今99.9% 的政客和權臣一樣卑鄙。劉邦派酈食其游說齊國結盟，也派了韓信準備攻齊，韓信明知酈食其已成功說服齊國，本來打算退軍，但謀士教他不要把功勞讓給酈食其，韓信聽從，竟攻擊未作防備的齊國，陰陰濕濕。齊王大怒，烹殺酈食其，韓信攻佔了齊地。同韓信講信用、講道義？也太天真。他在項羽陣營中楣到透頂的日子，是好朋友鍾離昧不斷接濟他，向項羽極力推薦他。項羽死後，劉邦要追殺鍾離昧，韓信本來把好友藏匿起來，但當他知道劉邦封侯，為了討好新靠山竟將好兄弟迫到自殺，拿他的首級獻給劉邦，也沒料到劉邦不領情。破壞承諾，出賣兄弟，韓信都做齊了。

他為劉邦打天下，項羽曾游說他加盟，但他以劉邦對他有恩為由拒絕。謀士看穿劉邦日後必會收拾韓信，勸韓信趁機脫離漢王自立，形成鼎足之勢，但韓信堅稱「漢終不負我」。結果？大佬又怎會做那些下三流的勾當？這種事當然是由老婆出手。呂后與蕭何夾計，由蕭何哄騙韓信前來慶功，呂后立即擒下韓信，以五刑處死（在臉上刺青並染上墨、割鼻、斬趾、宮刑、死刑），再誅三族，他死時才 34 歲。成也蕭何，敗也蕭何！

當然，我打死不信韓信真的因為忠於劉邦而放棄自立，就好像有 head-hunter 叫你跳槽，不走難道就代表你對目前的老闆忠心耿耿嗎？ Come on，好明顯是因為跳船風險太大才留在原位吧。韓信非常自負，經常落大佬面子，他攻佔齊地後便要求老闆讓他做 Acting 齊王，劉邦火冒三丈，卻忌諱韓信兵力強大而死忍爛忍。韓信一方面稱劉邦對他有恩，另一方面又在「恩人」面前大搖大擺目中無人，怎會真心敬佩劉邦？

且看韓信和歷史上無數功臣，為老細賣命只有兩種下場：一，做得差，被殺。二、做得好，也被殺。哪類人的官職坐得最穩？廢人。

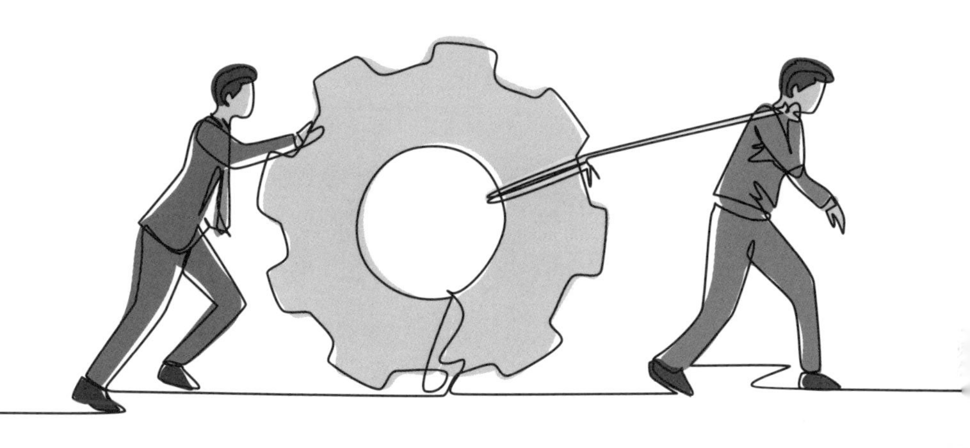

漫談武俠——最古老的行業

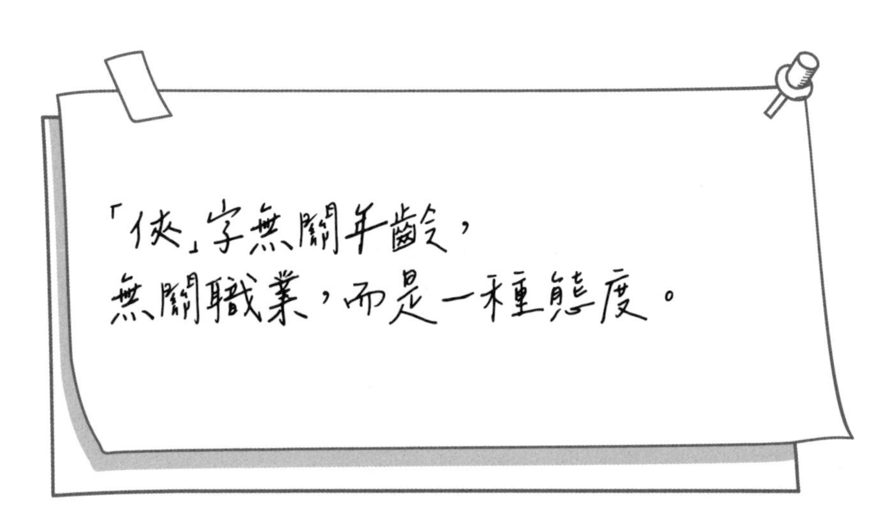

「俠」字無關年齡，
無關職業，而是一種態度。

武俠小說中，人們要不是在鑽研武功秘笈就是喝酒或打架。我很好奇到底錢從何來，吃飯投宿也總得花錢吧？游走江湖的所謂俠客俠女都是無業人士，古人尚未發明「返工」這個概念。

看過一本關於世界歷史的書，提到世上最古老的行業不是娼妓，而是保鏢。土匪在古代是很常見的，鏢局就應運而生。另一個練武之人可以「搵食」的行業就是護院，即是保安，自古就被視為「筍工」，因為絕大部分時間都是行行企企，很少真要動手。古時有錢人聘請護院要求「唔打得都要睇得」，只會請星級名人，《武林正史》稱最有名的護院就是形意拳的創辦人李飛羽，綽號「神拳李」。「在咸豐、同治年間，李飛羽為形意拳之領袖，與八卦掌之董海川、太極拳之楊露禪，鼎足而三。」雖說高手在民間，我卻無法想像屋企樓下的保安大媽其實是峨嵋派掌門。剛才提到的董海川是清朝七品首領太監，你一定馬上想到《葵花寶典》吧？金庸曾提及它出自太監之手，所以傳說董海川就是《葵花寶典》作者的原型。

紙上談武是一件浪漫的事，不用真打，吹水可有無限想像，天下無敵，水上漂，天上飛，就算世界再壞都總有一個英雄，而且正義到最後必定能夠打敗邪惡，就像楊過和張無忌——這是小說。

那什麼離浪漫最遠？考科舉。這在古代被視為出人頭地的唯一途徑，多少人耗盡一生去背八股文，白髮蒼蒼仍以一舉高中為志。古人可以選擇職業嗎？若不是考科舉發夢做官，就是耕田。投胎到鏢局長大就成為鏢師，父親在街頭賣武就跟著賣武。劍俠，我是說精通劍術的遊俠，那就是李白了吧？他的文字豪邁磊落，有俠義精神，自小學習劍術，五十多歲仍決心學騎射以保家衛國。「俠」字無關年齡，無關職業，而是一種態度。

請人是世上最激氣的事！

「我做錯事，
點解你要指出我錯？
你明明可以買件cheese cake氹返我，
咁我就唔會嬲你，
但你冇！你完全冇理過我感受！」
這位員工跳晒掣，
我follow唔到。
她那時三十歲，已過了青春期，
思路行為卻深不可測……

朋友的女兒剛滿月，眼睛出現異常，醫生檢查後發現女嬰視網膜鬆脫，不可能是自然形成的，亦即有人虐兒。父母想來想去，只有一個可能——外傭。經質問後，外傭承認曾大力搖晃女嬰，才剛滿月的女娃怎經得起如此暴力？問她理由，她說女嬰不停哭，搖晃是為了令孩子安靜。令人震驚的是這位外傭平日行為完全正常，也表現得非常疼愛女嬰，實在難以想像她竟是雙面人。

又談談我認識的一位太太。自小家境富裕，70 年代留學英國，擁有幾座豪宅，又是馬主。她把外傭當狗般呼喝，這位外傭卻心地善良，敦厚樸實，不管女巫如何刻薄，她還是做好本份。

愛和恨，後者神秘得多。愛很容易找到理由，父母愛子女，老師愛學生，摯友因為與你一起經歷過人生起跌而愛你，戀人因你的外表或個性而愛你。恨卻可以是完全沒理由的，你有否試過明明沒有得罪人，卻無緣無故被伸了一腳？甚至你明明對人很好，卻毫無道理地被反過來陷害？有些心理不平衡的人想發洩，而「剛巧」你出現在他身旁，於是不幸成了出氣袋。那對夫婦視外傭如家人，一個才剛滿月的女嬰又可以怎樣得罪外傭？就因為她像世上任何正常嬰兒那樣哭喊？而那個黑心闊太又憑什麼獲得善良女傭的悉心照顧？正如有些刻薄的僱主不知為何竟能聘得盡心盡力的好員工，不是說良禽擇木而居嗎？但我也見過有情有義的好老闆被欺善怕惡的員工搞到欲哭無淚啊。

最後，我得出一個完全不科學的結論——命水。

你會遇上什麼人是完全不講邏輯的，出來工作這些年教曉我一個道理——人嘅 range 好闊。對人好是教養，是良心，但不要期望對方會同樣對你好。很多人問我為何要這麼辛苦，自己由寫作、編輯、出版、印刷、搬運到洗廁所都一腳踢，連助手也沒有。你以為我沒試過請人嗎？單是全職的就請過四位，未計兼職。

第一位是我認識多年的工作夥伴，我們也是朋友。他當時的僱主是變態的，試過意見不合即以燙熱的咖啡兜頭淋向我的朋友，罵員工罵到面紅耳赤就一拳打爆半身鏡，然後聲言上天台跳樓。員工表示天台的門鎖了，這位老闆就說要跳海，可惜最終因為截不到的士去不了碼頭而沒跳成。大學學歷，15 年以上相關工作經驗，被罵被潑熱咖啡被精神和身體虐待，24 小時 on call，一個人做十個人的工作，月薪一萬多港元。那時他覺得受夠了是時候轉工，我便問他有沒有興趣來我這邊工作，儘管我賣書的收入不多，但見他一萬多元月薪又要租樓又要食，點夠用？於是我給他雙倍工資。我是在家工作的，員工一個月只需來我家兩三次，其餘時間都是自由的，我甚至不介意他做兼職多賺點錢，前提是在我們雙方同意了的工作時段內，我致電或發訊能找到他，託付了的工作也得做好。結果呢？

我在一日八小時內的上班時段，無論任何時間都無法找到他。電話不開，訊息不回，電郵全部投進大海。交託他寫一封二百字的簡單電郵，正常人五分鐘寫好，他寫了十日。半個月下來我天天以淚洗面，我為了支付他的薪金必須增加工作，而他本來要做的事也由我來承擔，他直接失蹤。曾跟他好好談過，是否有什麼不稱心的地方？沒有。那為什麼失蹤？聳聳肩。半個月後我實在撐不下去了，向他提出結束合作，全數付清半個月的薪金，儘管他連半件事也沒有做過。

我給他多點薪水和自由彈性的上班時間，原意是希望他生活舒適一些，沒料到善良竟被利用。你這麼好，我賴皮你也不會追究啊。你這麼有涵養，我失蹤你也會照出糧給我吧。他以前的僱主有理無理都咆哮，人工低，工時長，受盡虐待，他反而把工作做得妥妥貼貼。為何人與人不能好好相處？為何尊重、善待卻顯得我幼稚天真？難道真的要熱咖啡兜頭淋才能把工作完成嗎？

我聘請的第二名員工是一位三十歲女生。有次她來我家開會，剛巧我的一位朋友在場，因為是年初十，我的朋友出於禮貌給她一封利是，她藐一藐嘴，黑面，沒說一聲多謝。我同朋友你眼望我眼，大家都滿臉黑人問號，我之前給她開工利是她也是正常的。另有一次請她寄一封信，收件人是 Mr Cheung，她寫了 Mr Cheng，我很客氣地告訴她，請她修改一下。又黑面。

類似的事情多不勝數，直至有天她發一個 WhatsApp 表示唔撈，原因是我待她太刻薄。「我做錯事，例如寫錯收信人個名，點解你要指出我錯？你明明可以買件 cheese cake 氹返我，咁我就唔會嬲你，但你冇！你完全冇理過我感受！」跳矖掣，我 follow 唔到。她那時三十歲，已過了青春期，思路行為卻深不可測。

第三位我聘用過的職員是 29 歲女生，偷竊、講大話都做齊，卻是每星期返團契的「虔誠基督徒」。第四位大概也不用我再說下去吧？

要請到好員工需要中六合彩金多寶的運氣，我沒有這種命水。我只有兩種選擇——一、請人分擔雜務，但精神上慘過做奴隸，並要為員工執手尾。二、獨力完成所有工作，身體累極，卻能免於精神折磨。我最終選擇了獨力完成。就如我寧願自己做家務也不請傭人，因為平生唯一一次請的鐘點女傭，堅持用同一塊布抹馬桶和碗碟，無論我如何懇求、抗議、游說，她都堅持用同一塊布。對她來說最緊要方便，你的健康，中毒與否，以公務員的用詞——it's out of my purview。

「經典」員工特集

公司泳池內上演「人體動作片」、
男高層在男廁偷拍、
在辦公室剪腳甲特別有 feel？
weekday 辦公時間失蹤的文職員竟
在美容院脫毛……

上文提到請人有多艱難。請到好員工需要中六合彩金多寶的運氣，但當幸運請到好員工又要擔心被人挖角，中了六合彩也驚被打劫！所以請人也真的不容易，我聽過不少「經典」員工例子，今日同大家分享一下。

經典員工 1——
公司泳池內上演「人體動作片」

這件事並非關於同事的工作能力，倒是關於他們的「其他」能力。要是你在法律界工作了一段日子，大概也曾聽過這件真人真事：

在一家 international law firm 位於倫敦的辦公大樓內，有給員工使用的泳池和健身室，正在做 gym 的同事可以透過電視屏幕看到泳池內的狀況。一天晚上，電視前面突然聚集了一群尖叫起哄的同事，一看，不得了！原來他們正在追看電視直播泳池內的「人體動作片」，一男一女兩名洋人律師情到濃時竟在水中「激戰」起來。他們不知其他人可以透過電視看到嗎？當然知道，可是世上不是有很多人明知後果依然做嗎？又或者正是喜歡電視直播夠刺激？

兩位律師「一戰成名」。從此每逢有新同事入職，第一天上班的「orientation」必定包括「就是她和他！」甚至後來主角離開了這家公司，仍在法律界成為歷久不衰的「神話」。

經典員工 2——
男高層在男廁偷拍

這件事發生在香港一家大企業裏。一名男高層在廁所偷拍，斷正。人事部負責處理，女總監看完這男高層手機內的照片後，頭有點暈。「我從未見過這麼多器官……」女同事在工作間要提防猥瑣的男人，沒想到男同事上班同樣要防！這名男高層偷拍的地點正是男廁。聽說他之後離職，卻在另一家企業擔任更高層，賺更多錢。

經典員工 3——
在辦公室剪腳甲特別有 feel？

朋友在中環開時裝店，客人都是注重生活品味的白領或闊太。售貨員是二十出頭的女生，她把腿擱在收銀檯上剪腳甲，客人覺得也太過份了吧，便向老闆投訴。女生不明白這樣有何不妥，到了黃昏還會充份利用店內的洗手間，整個頭塞進洗手盆裏洗頭，弄得滿地是水，然後在店裏化妝 set 頭一副戰鬥格，準備落蘭桂坊結識富二代。釣金龜是她的人生目標，時裝店售貨員只是路過順便賺點外快而已。

By the way，我不知為何有人這麼喜歡在上班時候剪腳甲。有次夜晚十一點幾看完電影，穿過商場搭車時看見一家高級護膚品店仍燈火通明，跟白天一樣開著大門，店內的角落有兩位工人正在更換天花燈，一個穿保安制服的大叔脫掉鞋襪，把腿擱在椅子上剪腳甲，他身旁就是荷里活巨星的廣告畫像。自此以後，我每次看見這個優雅的護膚品牌都會立即想起剪腳甲的大叔。

經典員工 4——
我脫緊毛！

朋友 Ruby 聰明能幹，自己開設計公司，在荷李活道租了一個小小的辦公室。我們相約吃飯，聊起她聘用的那位全職助手。

「因為辦公室只有助手一人，我上 office 之前通常都會先致電給她，你知啦，萬一她偷懶被我撞破就很尷尬嘛，但我當然也希望員工偷懶不要太過份。

有天下午我需要回公司，打電話過去找不到人，便打她的手機。她一接電話就說：『我脫緊毛！』我很震驚，下午三點幾辦公時間去美容院脫毛？於是我問她為何非要在這個時間脫毛不可？她似乎對我有此一問感到相當驚訝，回答：『因為我只能 book 到這個時間呀。』然後理直氣壯補了一句：『我 lunch time 都留在公司工作！』」

你大概能猜到這位員工平日的表現也不會好到哪裏去吧。Ruby 稱她的工作態度惡劣，客戶的電郵擱著兩星期也不回，文件弄得亂七八糟，就連去郵局寄信這麼簡單的事也得催促三次，但因為請人實在不容易，就不能有太多要求了。後來「脫毛女」忽然變了另一個人，倒茶、搬貨辦、覆電話、向老闆匯報工作進度……整天跑來跑去，勤快有禮。她不是撞邪，也沒有食錯藥，而是因為 Ruby 請了第二名員工，今次很幸運請到一位盡責的女生，有比較就有傷害，懶人感覺受到威脅，心知肚明自己隨時可以被取代，突變勤奮。

我還是天真地問一句：為何人與人就不能好好相處？有份好工、舒舒服服的時候不懂珍惜，將要失去的時候才懂得害怕。

吹水王

下屬無求膽自大，
反正這輩子都沒有機會升職，
但作為老臣子
又沒有人動得了他，
只有他有本錢去做
「國王的新衣」那個小孩，
「嘩，腦細！你仲乜裸跑呀？」

「吹水」是行走中環的基本技能，但也是要有技巧的，切忌吹到離千萬丈遠，虛虛實實，放點煙幕就已經 perfect，否則被人踢爆你話幾肉酸呢。

個案一：老公被轉工

有次做一個項目為避免 conflict of interest，同事們必須申報近親的職業。CEO 填報丈夫的職業為「Professor, HKU」，她的下屬看見，替她在「HKU」後面插了一個箭嘴，加上「SPACE」，因為這才是事實。這件事早上 10 點發生，午飯時已傳遍整間公司，當然少不免會有人在 Facebook 四圍唱，並加上 hashtag # 老公被轉工。後來，從秘書那裏聽說 CEO 認為在「HKU」和「HKU SPACE」教書或畢業也差不多，那不如簡單一點，省卻後面那些「無關痛癢」的字眼吧。Well，如果有天她老公去哈爾濱佛教大學教書，她也可以到處宣揚老公是「哈佛大學」教授，反正「差不多」。

你可以話，這個下屬連 CEO 都夠膽踢爆，竟完全不給面子？道理好簡單，下屬無求膽自大，反正這輩子都沒有機會升職，但作為老臣子又沒有人動得了他，喜歡說什麼就說什麼，天空海闊任我飛。所以，他有本錢去做「國王的新衣」那個小孩，「嘩，腦細！你仲乜裸跑呀？」換了其他要供樓養家的員工，只能笑騎騎地說：「腦細，你老公係大學教授好威呀！」

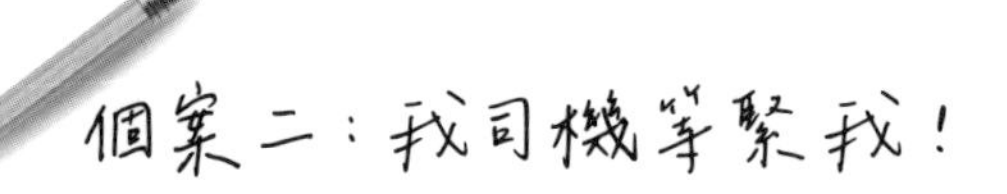

另有一次，我出完 trip 在香港機場碰見同事 A 君，他出名是吹水王。寒暄兩句後，我話去搭機鐵，他說：「我司機等緊我。」然後神氣地拉著行李走了。那夜我在 Facebook 看見一位朋友 post 了跟 A 君在機場外的合照，寫道：「在機場碰見中學同學 A 君，真好彩！佢一早 call 定的士，我可以黐車坐！」A 君說「我司機等緊我」，原來係的士司機。

個案三：「法國餐廳」Café de Coral？

中午在升降機大堂碰見一個男同事，順口問句：「去哪裏吃飯？」

「Café de Coral。」

我心想是否新開的法國餐廳？怎麼沒聽過？小妹孤陋寡聞，後來才知原來是大家樂。他大概一邊在 Café de Coral 吃焗豬扒飯，一邊幻想自己在巴黎 Hotel du Louvre 的餐廳喝咖啡。他平日經常在腋下夾一份 *Financial Times*，但跟他聊起任何財經大事他都聞所未聞。他也愛穿名牌，也常常對人誇口自己如何熟悉世界各地的名貴品牌。

有次一班同事吃飯，他威風地宣佈最近又買了什麼名牌。我問他：「有沒有買到 Le Roast Porkarina 的最新限量版？歐洲許多皇室成員都喜歡用這個品牌，但好貴啊！一個 wallet 要三萬多港元，而且不是有錢就能買到，要看你的身份地位，聽說 waiting list 過萬人。」

「係呀，都幾難買。」那男同事說。「但我認識這個品牌 Asia Pacific 的總經理，我上星期才跟他一起飲紅酒。我本來也不打算買，因為家裏已經太多名牌嘛，但見今次是限量版，而且他給我九折，我就隨便挑了一雙皮鞋。」

我驚訝地問：「Le Roast Porkarina 有出男裝皮鞋嗎？我上網看過沒這個系列呀。」

「啊……一般顧客買不到的，VIP 才可以特別訂造，所以網站沒刊出來。」

其他同事都快忍不住了，他們看見檯上放著那碟叉燒，就知道 Le Roast Porkarina 這個「品牌」是我老作的。

這個世界什麼人都有。一位女同事平日穿得寒寒酸酸，每次被問住哪裏都稱住油麻地，後來才被人無意中發現她住在嘉多利山獨立屋。窮人想盡辦法說服別人他很有錢，富人千方百計說服別人他很草根。怎麼大家都好像不想做自己？

MBA教材級小三

當道理不在自己這邊，
如何仍能為客戶提供精彩的表演？
這正是情婦面對的死局——
做小三分明就是錯的，
被正室潑酒也只會被視為抵死。
在擺明理虧的情況下
如何全身而退？

聽過這則花邊新聞：一個富豪帶情婦出席飯局，正室撞破，當眾用酒潑了情婦一臉。全場 dead air。

假如你是那位情婦，你會怎樣做？這個問題可以成為投資銀行的面試題目，甚至哈佛 MBA 教材。商業世界考驗的不止 IQ，還有 EQ。當道理不在自己這邊，如何仍能為客戶提供精彩的表演？這正是情婦面對的死局——做小三分明就是錯的，被正室潑酒也只會被視為抵死。在擺明理虧的情況下，她如何全身而退？

情婦微笑，說聲「Excuse me」，然後到洗手間整理儀容，出來後跟賓客逐一握手致歉，踏著高跟鞋微笑離去。從此，她獲贈的豪宅名車源源不絕。富豪高度讚賞情婦的大方得體，臨危不亂，在大庭廣眾保住了他的面子。相反，正室在他眼裏就顯得小家、失禮，那怕道理站在她那一邊。世上年輕貌美又肯賣的女人何其多？為何富豪偏偏選上她而且願意公開帶出來陪著吃飯？這女子自然有她的本事。

對女人來說，最氣頂的莫過於被丈夫罵：「你學吓人啦！」而那「人」就是小三。精人出口，笨人出手，正室以為當眾潑酒是羞辱情婦，其實自己蝕底。這樣做只會給丈夫多一個遠離她的藉口——你令我丟臉！相反，小三EQ高，不管任何情況都明白自己最值錢的地方不是身體，而是可以提供老闆最重視的東西——面子。帶著年輕貌美的女生出席飯局很有面子，做「齊人」很有面子，show off自己有眼光挑選一個有腦有身材的情婦很有面子。在老闆跟情婦的買賣中，一分面子一分錢。小三道德上當然是錯的，這裏是說從買賣角度，這情婦很清楚自己的賣點。

情婦可能在心裏咀咒正室，在洗手間講粗口，回家給她落降頭……但那全不重要，重要的是她的微笑。

18世紀全球首富竟是他！

有些人剛出來社會做事時
心懷大志，
後來卻變成自己以前
最看不起的人。

和珅是史上一大貪官。有幾貪？*Wall Street Journal* 計過，和珅是 18 世紀全球首富，他匿藏的財產等於當時清政府 15 年的收入。

他生於武官家族，本來生活不錯，但父親在他九歲那年突然病逝，他和弟弟和琳陷入困境，到處問人借錢交學費，又經常被人欺負。大陸電視劇中的和珅通常都是矮矮胖胖、蛇頭鼠眼的。但據英國來華使節記載，和珅相貌堂堂。岳丈馮英廉形容他「機敏且善察言觀色」、「相貌白杳而英俊」，而且他二十幾歲時已升職如搭直昇機。鞋一定狂擦，但如果太樣衰也不可能得老細寵愛，所以我猜他年輕時一定相貌不俗，從一些和珅的畫像看來，挺陰濕的，當然這些畫像的真跡亦已毀掉，如今在網上流傳聲稱是和珅的畫像是否真確就不得而知了。

有些人剛出來社會做事時心懷大志，後來卻變成自己以前最看不起的人，和珅就是這樣。他起初非常清廉，那時因為官位低而常遭欺壓，但他 EQ 高，被人欺淩還笑容滿面的。他踏上成功之路的第一步是娶了高官的女兒，從此官運亨通，後來愈變愈壞，仗著乾隆寵他而打壓異己，手段兇殘，貪污結黨。

此人湊老闆確是有一手，乾隆咳一聲他就會飛快遞上痰罐。乾隆老到一塌糊塗時仍不捨權位，嘉慶帝並無實權，和珅時刻站在乾隆身旁「翻譯」老細的說話，因為乾隆已口齒不清，沒有人聽得懂他說什麼，實權落入和珅手中，那時朝野都在背後稱他「二皇帝」。嘉慶能快狠準地將和珅擊倒實在不簡單呢，可惜捉到鹿唔識脫角，沒有藉打倒和珅來徹底將貪污從制度中連根拔起，只除掉和珅一人有鬼用？制度不改，問題自然繼續存在。

有錢自然有女，和珅有九個老婆(未計街外沒記載的)，而且他對「執二攤」情有獨鍾。除了正室是名門千金，和珅其他老婆大多是各地官員為了賄賂他而獻上自己的美妾，也有青樓名妓、金髮洋婦。一個官員為了巴結和珅，將自己 13 歲的女兒納蘭獻給和珅做「乾爹」，和珅口水直流，卻又怕閒言閒語，表面上稱乾女兒，實則為妾。

當然，美貌也有級數之分，頂級美女都用來直接籠絡皇帝，次級美女就送給和珅，這鹹濕佬看中乾隆所得的美女「黑玫瑰」，朝思暮想了很多年，直至乾隆年老時遣送女子出宮，和珅千方百計截獲這女子作小妾。揚州富商又給和珅獻上名叫「豆蔻」的青樓歌妓，和珅高興得不得了，立即向老細推薦此富商任兩淮鹽政使，好一個大大的油水位。

終於，這大貪官的末日來了。和珅 48 歲被嘉慶帝賜白綾，傳聞豆蔻寫了一首詩，然後跳樓殉情，他那一堆老婆之後也沒有改嫁，也算得上有情有義，這或許就是和珅縱然大把選擇，卻樂意接收別人的小妾和青樓女子的原因吧，喜歡她們的世故。經歷過風浪的女人，一旦遇到對她們好的男人會以十倍的好來回報。那遇到壞男人又會怎樣？自己想想吧。

搵食而已

「搵食啫」是香港人吵架的終極武器，
吵到天崩地裂，
只要拋出這三個字，
就會主觀地感覺道理在我這一邊。
無論行為多麼荒誕、
嘔心、卑劣——搵食啫。

廣東話是一種極為生活化的語言。加個單字，改個尾音，意思就會完全不同。

例如「啫」字。它本身沒有意思，是用來表達語氣的，類似「而已」、「罷了」。「搵食啫」是香港人吵架的終極武器，吵到天崩地裂，只要拋出這三個字，就會主觀地感覺道理在我這一邊。所以無論行為多麼荒誕、嘔心、卑劣——搵食啫。

面對荒謬，《而已集》說：「而我只有『雜感』而已。連『雜感』也被『放進了應該去的地方』時，我於是只有『而已』而已。」

世界荒誕到一個點教人認不出來，變得那麼陌生，連激動和悲憤都沒有了，就只剩「雜感而已」。不是灰，「灰」令人哭，「荒謬」令人笑，兩回事來的。覺得前路很「灰」的人也不用灰心，因為相比「荒謬」，「灰」不是很有希望嗎？「荒謬」不是好也不是壞，因為它不在倫常道德之內，它純粹令人時時刻刻意識到自己的有限性和無力感。最初想哭，後來就連哭都哭不出來，很多人最後只剩「搵食而已」，跟一頭狗沒分別，自尊心又不值錢。我可是連嘲笑這些人的興趣也沒有，就算想浪費時間也該挑個比較有格調的事兒。

迷失

很多人看不慣我的
「職場流浪」。
曾有一位女上司問我：
「你父母不會很擔心嗎？
你好像drifting around……」
我很錯愕，
原來我在別人眼中
是可堪擔憂的嗎？
怎麼我完全不知道？

我之所以做過九份工，一方面是因為我天生就喜歡改變，第二是當我沒有忍受的必要，就會辭職。意思是在需要養家的情況下，如果公司不尊重我，但我無法找到另一份待遇相約的工作，我就會忍。但如果我有信心能找到待遇相當、甚至更好的工作，那就沒有必要留下來受氣吧，我不會因為害怕 take risk，或不想費勁適應陌生環境而吞聲忍氣留下來。雖然聽來像開玩笑，但真的有研究發現勇於向上司表達不滿的人，死於心臟病的比率較死忍爛忍的人少一半。瑞典斯德哥爾摩大學在 90 年代初至 2003 年間，追蹤了 2755 名男性上班族的健康，記錄了他們處理工作衝突的方法。十年間，47 人死於心臟疾病，當中啞忍者的死亡率比直接爆出來的人竟高出一倍！

很多人看不慣我的「職場流浪」。曾有一位女上司問我：「你父母不會很擔心嗎？你好像 drifting around……」我很錯愕，原來我在別人眼中是可堪擔憂的嗎？怎麼我完全不知道？我只是在追尋一份能讓我發光發熱的工作而已，我希望我的努力能得到尊重，難道這樣也有錯嗎？

就在我最迷失的時候，Carmen 來電，她弟弟在美國自殺。（前文「入 Big Four 還是選港姐？」曾提及 Carmen）

這位弟弟當時 27 歲，熱愛打機。他每份工都做不夠半年，常常抱怨老細不了解他。同事也只愛講是非，話題完全沒有深度。那時他們有親戚在美國開貿易公司，Carmen 的父母威迫利誘設法把弟弟送去美國工作，試著揭開人生新一頁，不料他三星期就自殺。

後來大家發現弟弟有個 blog，他在 blog 說自己在美國是多麼不如意。有個鬼妹同事對他很好，朝朝早都跟他講早晨，放工會跟他講 bye bye，讓他感受到前所未有的關注，於是他約這個女同事去看戲，可是你知道這鬼妹怎麼回答？她居然「唔得閒」！弟弟受到空前打擊，幸好他 EQ 高，決定寄情工作，誰知他 send email 給客人，個 file attach 了成分鐘仍未成功，他氣得想向 gmail 的 CEO 投訴但又不知他的電話號碼，於是他決定回家睡覺，卻禍不單行，在巴士站足足等了半粒鐘，然後有個細路一走過來，巴士就馬上到了。

See ？個天擺明玩我啦！弟弟在 blog 裏寫道。於是他去藥房買了兩瓶安眠藥，服下半瓶就止住，不知是否睡著了。親戚無法喚醒他，看見床邊的安眠藥，趕快召救護車。

荒謬吧？為何 Carmen 的弟弟任何事都看不順眼，搞到要自殺？我當時也是這樣想。後來記起那位女上司曾說：「你父母不會很擔心嗎？你好像 drifting around……」後面還有一句：「點解你樣樣都睇唔順眼？」那是因為我有自己的堅持啊！可是 Carmen 的弟弟大概也認為自己很有堅持吧。那一刻的覺醒使我不禁問自己，這樣下去，我會否也有一天變成 Carmen 弟弟那模樣啊……

我們變成怎麼了？

你還記得自己以前是個
怎樣的人嗎？
大部分人都曾經歷一趟
「職場整容」，
學習圓滑一點，
棱角磨平一點，
笑容商業化一點，
鞠躬的角度正確一點。

那天跟一位皮膚科醫生聊天，我八卦地問：「為何有些明星，不論男女，整容會整到變成妖怪？」他這樣回答：「年紀大了皮膚失去彈性，臉部有些位置凹陷，於是把填充物打進那些位置，可是有些人打太多填充物，多到一個地步令人忘了他本來是什麼樣子，忘了他原貌的特徵。」

變成妖怪的關鍵——忘了自己本來是什麼樣子。

你還記得自己以前是個怎樣的人嗎？現在的你又變成怎樣？大部分人都曾經歷一趟「職場整容」，學習圓滑一點，棱角磨平一點，笑容商業化一點，鞠躬的角度正確一點。最後，忘了自己本來是什麼樣子。

有年 Christmas，老闆請了我們一眾同事和生意夥伴去他飛鵝山的別墅開 party。有個肥佬過來跟我說：「喂！（高八度）點呀！ Daisy ！好耐冇見喎！」這個肥佬熟口熟面，在哪兒見過……Oh my goodness，他不就是 Nelson ？但我認識的 Nelson 明明瘦成牙籤啊！

這位朋友居然變到幾乎無法辨認。他至少胖了三十磅，讀書時候他有個花名叫徐志摩，一派的文青模樣，還有不少女同學暗戀他，畢業未夠十年竟已崩壞成這副模樣。我尤其聽不慣他用高八度的「世界仔」語氣同我打招呼：「喂！點呀！」老同學，有必要用這種保險經紀的商業口吻嗎？

我從同事們口中聽說 Nelson 一開始時是很有理想的律師，專門幫助工業傷亡的工友和家屬，後來發現有利可圖就漸漸變質，變成一個生意佬。今天他的頭髮甩掉一大半，連理想都甩埋。

那夜我拿著香檳，從露台眺望香港的夜景。以前我也曾在飛鵝山這裏跟 Carmen 和 Nelson 一起看這個夜景。這裏有我們的夢想。畢業那年，我們三人在飛鵝山喝著啤酒傾通宵。Carmen 希望入 Big Four 一路扶搖直上做 Partner；Nelson 小時候父親因為工業意外去世，無良僱主欺負他們孤兒寡婦不懂法律，沒有賠償，結果他母親洗碗清潔什麼都做，打幾份工養大三個孩子，Nelson 認為這個世界沒有公義，所以從小就立志做律師，想幫窮人。我真的曾經覺得 Nelson 很像 Mandela，只是 Mandela 沒這麼胖。

一會兒後，Nelson 出來露台抽煙，我說：「Nelson，很久沒見啊，你過得好嗎？」他張口結舌地望著我，突然爆出一串笑聲，答了一句：「飲杯啦！」

我以前有位上司是從加拿大回流的大叔。他快將退休，一班舊同學聚會，大家聊起這個問題：假如可以時光倒流回到從前，你會選擇做什麼？有人回答：「做回同樣的事，但做得更好。」

這句話讓我細味了很久。現在回想，也常常後悔為什麼當時沒有更努力，為什麼總是給自己那麼多藉口。

假如一切可以重來。

如何應付haters？

一個正常人要證明自己正常
是非常困難的。
正常人根本不會做任何事
來證明自己正常，
反而那些千方百計去
證明自己多麼能掌握真理、
知識何等豐富、
道德標準有多高、
人格有多偉大的人，先至係癲。

大概因為經常看見我在社交媒體被「問候」，很多讀者都問我如何應付 haters。

不只香港，近年歐美以至世界各地都進入了意見兩極化的時代，社會空前撕裂，恐怕是很難有寧靜日子的。看完我的 post，不喜歡，於是留言罵我，這類網民是非常高質素的，看完這個 post 的內容才罵，屬於人類頂尖 5% 的精英。我對他們心存敬意和感激，看完他們罵我的留言，我就趕快面壁思過。很多人罵之前連內容都未看過，只看了幾隻字的標題就去審判別人，立場先行，「大家都在罵」就跟著罵。總之你同我立場不一樣，你就是人渣，接著就是咀咒和人身攻擊。觀點立場不同其實很平常，但摧毀一個人或一件事之前，至少應該知道自己正在摧毀什麼。

對於這些 haters，如果我那時剛巧無聊，娛人娛己，我就會用幽默的方式回應。但工作已經忙到嘔，還要吃飯、買衫、煲劇、看書、見朋友、做直播……假如真能擠出一點時間，多睡一會比較有意義，所以絕大部分 haters 的留言我都不回應。倒是很多愛護我的讀者著急地問：「Daisy，你為什麼不反駁他們？還擊呀！」也許有些人無法理解為何我對那些咀咒如此淡然，讓我分享一個在網上看到的故事：

義大利一間精神病院的司機駕車接三個病人入院，豈料這三個病人在途中走甩了，司機心想怎麼辦好呢？便決定找人頂包，駛去巴士站邀請人們搭順風車，結果有三人中伏，這司機心想得米，便直接把這三人送進精神病院。

問題來了：如果你被困在精神病院，你如何證明自己不是瘋子？

後來有記者訪問這三人如何逃離精神病院。A 說：「我想，如果要出去的話，首先得證明自己沒有精神病。於是我對醫生說：地球是圓的，這句話是真理，講真理的人一定不會有精神病呀！」結果他不斷跟醫生說：「地球是圓的！地球是圓的！我知道地球是圓的……」當他說這句話第 14 次的時候就被人打了懵仔針。

B 說：「我告訴醫生護士我是社會學家，我能說出美國總統的名字，也知道英國首相是誰……」當他說到南太平洋島國領袖的名字時，又被人打針了。

C 則是最快被放出去的，接著還把 A 和 B 救了出去。到底他是如何辦到的？原來 C 被關進精神病院後，什麼也沒說，該吃飯的時候吃飯，該睡覺的時候睡覺。護士給他刮鬍子時他會說謝謝。第 28 天，醫生就讓他出院了。

這個故事給我們什麼教訓？一個正常人要證明自己正常是非常困難的。正常人根本不會做任何事來證明自己正常，反而那些千方百計去證明自己多麼能掌握真理、知識何等豐富、道德標準有多高、人格有多偉大的人，先至係癲。

現在你應該明白我為何從不反駁任何人了。如果你依然不明白，那就不要太過執著，just let it be。我從不向別人解釋我自己，有些讀者不用我解釋就已經完全明白了。人生難得遇知音，這是我的榮幸。至於那些不明白的，即使我解釋十萬次也是不會明的。在我的生活裏，我就是主角，何必浪費一秒在茄哩啡身上？

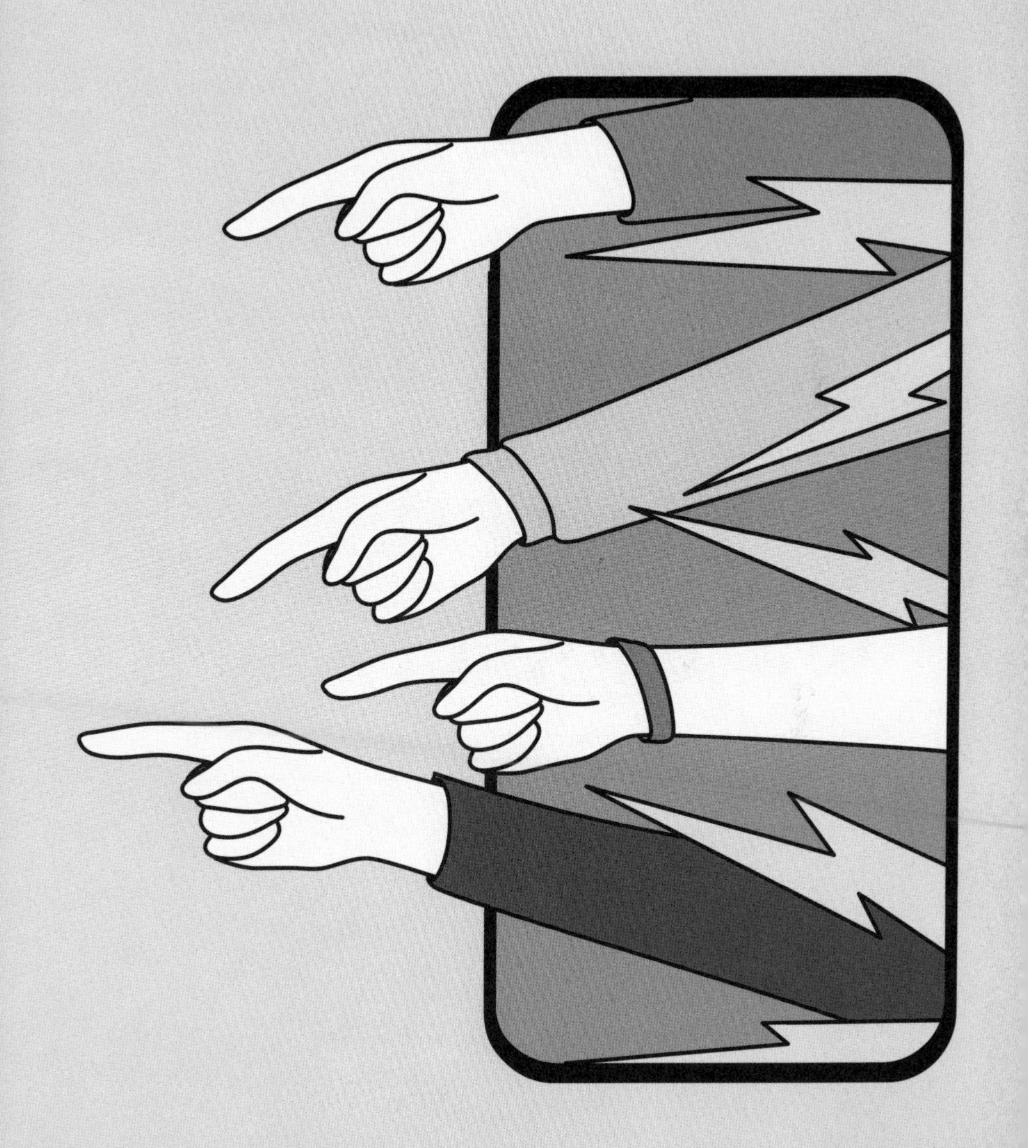

偏心

見工時被問：
「你父親做什麼職業？」
這種問題不是
考幼稚園才會問的嗎？

我曾在見工的時候被問：「你父親做什麼職業？」後來才知這位女 CEO 很偏心那些父母有地位的員工，求職面試時會兜口兜面問你「Who's your daddy ？」。若父母是名人，即請。就算不是名人，如果父母是醫生、法官、大學教授之類，都會升得特別快，而且她對這些醫生、教授子女的態度會由平日的架勢秒變卑躬屈膝。她本人是草根出身，卻看不起其他草根出身的人。之所以願意聘用我這種蟻民，好明顯是因為公司實在太等人用。可是堂堂 CEO，一副貪錢外母見未來女婿問「你幾錢人工？你有冇樓？」的嘴臉，未免小家，格調之低也無法令人產生任何尊敬之情，像我這種有點原則的麻煩女人，要我跟一個公公搵食？No kidding。這裏不會欣賞能幹努力的員工，那就無謂浪費青春，bye bye 喔！

腦細通常偏心哪類員工？一係有背景，一係樣靚。（Well，看樣貌的當然是指男老闆，靚女遇著女上司只怕凶多吉少，你也知道女人的妒忌心有多可怕吧？）但無論如何，總算有個具體「理由」。相比起來，有些父母偏心子女的所謂「理由」卻教人莫名其妙，好像我的朋友 Francis，從小被母親嫌棄竟是因為他的額角有條青筋，阿媽認定他會帶來衰運！這種「罪名」也想得出，不如乾脆叫「莫須有」好了。

朋友 Alice 的媽媽很偏心，三姊弟都是她親生，這位母親卻溺愛大女兒，對排第二的兒子一般關心，對排行最小的 Alice 簡直厭惡。Alice 從小習慣了所有好東西都留給家姐，也習慣了家姐做錯事不會被罰，她自己沒有做錯什麼卻會無緣無故成為母親的出氣袋。

「小時候也覺得委屈啊，但現在想來還挺慶幸被溺愛的不是我，不然或許我也會變成家姐那樣公主病呢。」Alice 笑說，今天她是醫生，嫁了個好老公。家姐如今四十歲，結過三次婚，讀書不成，也沒有一份工做得長。她把母親當傭人那般呼呼喝喝，但母親仍舊寵她，三個孩子唯獨大家姐四十歲人未曾給過父母家用。父母還將本來自住的物業賣掉，套現給大女兒買樓結婚，父母則另外租個細單位住，Alice 和哥哥就食自己了。結果大家姐的婚姻不到一年就 game over，層樓因為是她和丈夫聯名，離婚還得賣樓分錢，此後她更屢次被男人騙財。

從某個角度看，若不是母親送她物業，她就不會恃著自己有樓揸手而工作態度惡劣，男人也不會專門來騙她的錢。若不是母親縱容，也許她會思想成熟一點，自理能力高一點。那難道父母愛子女也有錯嗎？愛沒有錯，但拜託愛得有點 common sense。

另類老闆

見工被問：
「Are you a good person?」
這到底是IQ題還是EQ題？

我打工這麼多年從未遇過好老闆，只遇過「冇咁衰」的老闆。與此同時，我幾乎可以肯定沒有一位老闆認為我是好員工，我極其量只是「冇咁衰」的員工。

然而我也認識有人遇過非常有同理心或闊綽的老闆，聖誕節送員工最新型號的 iPhone，秘書每年生日給數千元利是，若非死人塌樓也絕不在秘書下了班的時間打擾。我老闆去日本旅行也給我買過一枝 Hello Kitty 原子筆。當然，送禮物並不等於就是好老闆，僱傭合約也沒有規定老細過年要派開工利是。我以前有位老闆過年給每名員工十元開工利是，全公司只有四名職員，同事們嘲笑她住山頂豪宅，封利是卻這般寒酸，她說：「我唔係一定要俾利是你。」那就是說，這十元是恩典。十分感謝。

我倒是聽過一則真人真事：香港一位大企業的「打工皇帝」，每年聖誕都會給司機和秘書每人港幣十萬元買聖誕禮物。他又希望司機和家人住得舒適一點，寫了一張四百萬元的支票給他買樓付首期，這是他自掏腰包的錢，不是公司福利。司機覺得不能貪心，婉拒了首期支票，這位老闆便每逢司機的孩子生日就給大手筆的「利是」。

那位秘書說：「你們只知羨慕，老闆有時罵我罵得很兇，你們卻不知道啊！」小姐，首先如果你犯錯，被老闆責罵也很應該吧。第二，就算你沒犯錯，世上90%以上的老闆都會因為自己心情不好就拿下屬出氣，但沒有上司罵完下屬之後會給他四百萬元買樓。我只聽過一個老闆摑了下屬一巴掌，然後往他身上扔了一疊總數兩萬元的鈔票。相比起來，那位「四百萬」CEO也許脾氣差，心地卻是好的，試問世上有多少老闆會記得員工有屋企人？會希望下屬的家人都住得舒服，孩子生活富足？老闆往往只覺得員工不夠勤力、加班不夠多吧。

怎樣才算好老闆？我朋友來到一家由美國女士創立的企業見工，CEO 沒有問她任何關於工作的事情，只問了一句：「Are you a good person ？」朋友愕然，平生見工從未被問過這種問題。一定會答 Yes 吧，哪有人見工自認不是好人？而且商業世界沒有好人與壞人，只有「能幫公司賺錢」與「不能幫公司賺錢」兩類人。面前這位顯然並非「典型」CEO，她說：「我們公司目前規模不大，每名員工都極重要，沒有閒暇搞 office politics，所以我特別重視員工的品格。我們暫時所能付你的薪水未能跟一線企業相比，但我知道你有一名兩歲小孩，照顧家庭對你來說一定很重要。」於是她給了我的朋友每年三十日有薪假期。

有時候，一點點體恤就會令員工感到很受尊重。這家公司由零開始建立自己的品牌，13 年後以三億美元被收購，除了因為產品優秀，人性化的管理也是關鍵。

當事業不再如日中天

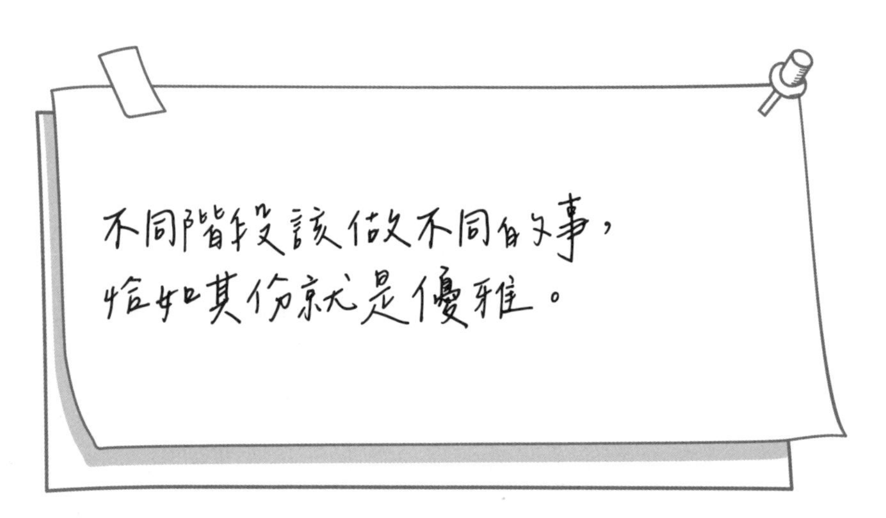

不同階段該做不同的事，
恰如其份就是優雅。

人一生基本上就是一條山形的曲線，從幼年的低點邁向中年高峰，再漸漸回落到老年的低處最終歸零。但總有笨蛋以為自己與眾不同，直至死為止天天都在人生高峰。

木村拓哉主演了一部精彩的日劇名叫 *BG*，描寫他的保鑣生涯。其中一集有個七十幾歲阿伯多年前是日本首相，認為有政敵要襲擊他，特意聘請私人保鑣。門口有四顆小石，他認為是敵人給他警告，四代表死。一班政客聚餐，外面有人叫囂，他宣佈那是衝著他而來的，叫囂者卻喊出了另一位政客的名字，阿伯竟像中了六合彩卻丟了彩票那般非常失落。

到底阿伯憑什麼認為有人要追殺他呢？原來他任首相時曾在公眾場合受襲，但那已是二十年前的事了，他卻堅持那人仍在尋仇。當查明二十年前襲擊他的那個人原來已在十年前去世，他徹底崩潰了。至於門口那四顆小石，其實只是被趕走的窮女婿想偷偷約女兒於四點鐘見面而留下的暗號。

沒有正常人想被襲擊，但有種病態人格，若不被喜歡，也必須被憎恨，憎恨也是一種「關注」，無法忍受的是被當透明，所以要鬥，用鬥爭來刷存在感。就像電視宮鬥劇的女人，因為沒有其他事情可做，也不識得做，只能鬥，一停止鬥爭，意志就會瓦解。一些曾身居高位的人被歲月淘汰後成了深宮怨婦，為了爭取兩秒鐘的鎂光燈不惜做小丑。當然，這只是病態人格才會做的行為，然而「事業不再如日中天」卻是每個人一生的必經階段。演藝明星有顏值巔峰的時候，也有衰老過時的一天；investment bankers 的拚搏期在 45 歲之前，之後要麼入了權力核心，要麼就是可有可無、隨時可以被裁掉的「高層」，事業壽命比韓國女團只稍為長一點；四十至六十歲的著名外科醫生，病人多到應接不暇，但年紀大了，手不再像以往那麼靈巧，體力也不及從前那樣能應付長時間的手術，加上科技日新月異，長江後浪推前浪，這是任何行業的人都會經歷的階段。

最後，飾演保鑣的木村拓哉對這位過氣首相說：「平安，其實更好啊。」不同階段該做不同的事，恰如其份就是優雅。在新的階段，其實有新的事情需要你去做——那些當紅的時候無暇去想、無暇去做的事。人生的曲線由零開始，最終歸零，精彩在兩個零之間。

剩女的錢
好易呃？

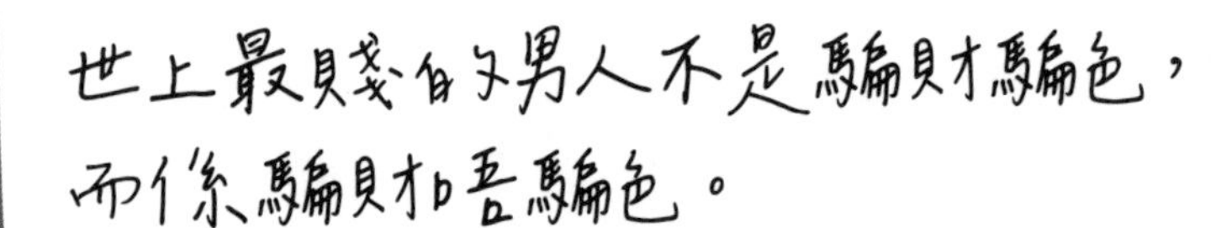

世上最賤的男人不是騙財騙色，
而係騙財唔騙色。

香港的家長都非常著緊為孩子未雨綢繆。一位朋友的女兒兩歲，她觀察到現在通街都是剩女，男孩則不愁娶不到老婆。「與其花巨款讓女兒讀國際學校，倒不如將這些學費儲起來給她買樓，有樓揸手，何愁沒男人要？就算真的嫁不出，至少也有瓦遮頭。」我不禁想，女人有錢有樓，到底是好事還是壞事？

有次我因公事跟一位年近五旬、任職大企業高層的女士吃飯（暫稱她為 Lucy），她是高薪單身族，活脫脫一座行走的金礦。正準備點菜之際，突然來了一個大叔，穿一件紫色格仔恤衫，外罩一件馬英九拉票時穿那種「米芝蓮車軚人」背心，搭西褲白襪加一頂調轉來戴的鴨嘴帽 ，我不知該怎樣形容他這身「後現代」的造型，然而 Lucy 一見他即兩眼發光，稱這是很久沒見的好朋友，難得大家有空便順道約在一起。

言談間，我發現 Lucy 十分崇拜這位大叔，比如大叔自稱同 Karl Lagerfeld 好熟，「阿 Karl」未死的時候經常跟他一起在巴黎喝咖啡，他也稱自己跟羅馬帝國第 108 代公主好 friend，然後講一堆世界各地的風土文化，不知花了多少時間背維基百科，Lucy 卻聽得如癡如醉。我預計大叔即將提出要求，果然，他出招了：「我認識一位米芝蓮大廚，我跟他感情好得像兩兄弟，每年總有幾次到他的法國酒莊傾通宵。他打算在香港開法國餐廳，肯定客似雲來！老實講，必賺。不過我們不是為錢，旨在推廣法國飲食文化。如果你們有興趣入股，我們勉強還可以容納一兩位股東，不過還要得到米芝蓮大廚同意，看你們是否真心對法國菜有熱誠。」

Lucy 搶著問：「那入股要多少錢？」

大叔聳聳肩說：「不多，100 萬左右吧。太少就覺得你誠意不夠。」我在一旁食花生，一樁電話騙案在我眼前真人演出。大叔全力專攻 Lucy，不怎麼著力游說我，因為一看就知我拿不出 100 萬。女人錢是否真的這麼容易呢？難怪「性交轉運」都有人信。但大叔肯定不會騙她性交，這樣才叫賤。世上最賤的男人不是騙財騙色，而係騙財唔騙色。

飯局之後，我不忍心 Lucy 被騙財，便向她暗示不妨查清楚才投資呀，豈料被她罵個狗血淋頭，直指我侮辱她的朋友。真要命。

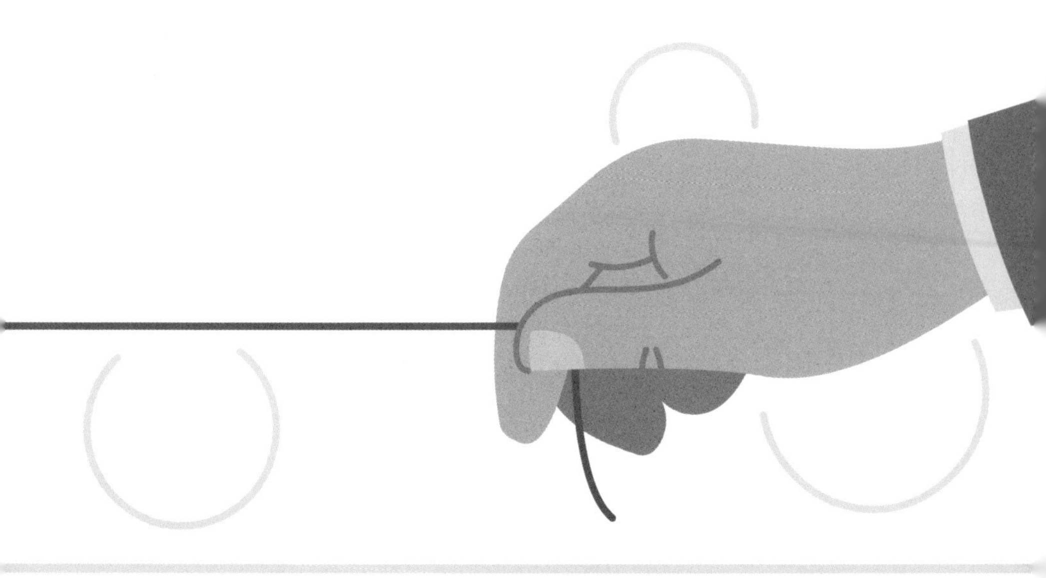

充足睡眠的定義

寫作是在室內工作的農夫，
是體力勞動。
我「耕田」一整天已經累透，
躺在床上蓋上被子，
心想，今天全力以赴了，
好滿足啊，
就會睡得很甜。

日本作家村田沙耶香曾經在便利店打工，後來憑小說《便利店人間》獲得芥川賞。這是日本文壇很高榮譽的獎項，她獲獎後大概很忙，而且身份已是名作家，很多人都對村田小姐得獎後仍繼續在便利店打工感到驚訝。但對作家來說，沒有比便利店更好的靈感泉源了，每天遇見各種各樣的人，是觀察眾生的絕佳位置，而且日本的便利店寬敞舒適，貨品應有盡有，單是雪糕種類之多已教人興奮不已，在這樣的地方打工想必很有趣吧。

令我驚嘆的是村田小姐的工作時間。她在訪問中表示每天固定在清晨兩點起床寫小說，寫到六點，然後準備出門，八點到下午一點在便利店打工，之後在咖啡店吃午餐並在那兒繼續寫作直到五點，晚上九點睡覺。

兩點起床工作豈不是比耕田還要早？其實也不知該說「早」還是「晚」，我凌晨兩點還未睡。很多從事寫作的人都喜歡在深夜工作，聽說靈感較多。我不喜歡在深夜工作，因為白天做不完才無可奈何做到深夜。我除了寫作也兼出版自己的書，雙倍的工作量。新書出版之前兩個月是關鍵，這段時間我幾乎每晚（或每「朝早」）四點才睡覺，八點起床繼續努力。我從小到大都需要睡很多，每天睡十小時是常態，少過八小時就會很難受，兩個月以來每天只睡四小時，我感覺就像在珠穆朗瑪峰禪修，都快忘了地面空氣的味道。蚊型出版社全公司只我一人，也沒有助手，新書出版後我還會一腳踢聯繫發行商、處理網上書店事務，每一個發到我網店的讀者電郵都是我回覆的，完成所有關於新書的工作後，我便會開始「報復性」睡眠。

很佩服像村田沙耶香那樣長期每天只睡五小時仍精神奕奕的人，一位是典型「中環人」的朋友卻說：「只有你才會每天睡十小時呀，除了小孩誰能睡那麼久？」很多人問我怎麼能夠在五秒內入睡，而且一睡就會像抱著超巨型水蜜桃沉進海底，或是窩在北極熊的肚腩，地震都無法將我吵醒。我也沒有什麼「秘訣」，寫作是在室內工作的農夫，是體力勞動。我「耕田」一整天已經累透，躺在床上蓋上被子，心想，今天全力以赴了，好滿足啊，就會睡得很甜。

人與人形物體

以前愛看Discovery Channel，
因為看得多飛禽走獸會更加了解人；
現在每天睜開眼，
就以為自己在看Discovery Channel。

以前愛看 *Discovery Channel*，因為看得多飛禽走獸會更加了解人；現在每天睜開眼，就以為自己在看 *Discovery Channel*。

赫克爾 (E. Haeckel) 說過：人和人之差，有時比類人猿和原人之差還遠。從這句話可知，這位鼎鼎有名的生物學家肯定對人性有極其深刻的了解。有些是人，有些是人形物體，當然有天壤之別。

職場上扔蕉皮、放暗箭、雙面人、閃避球、free rider……真癲、扮癲……人與人形物體……在職場混到某個階段，我已不會生氣，反而覺得這個馬戲團好 funny，同時驚嘆宇宙物種的多樣性。

BBC 2023 年 5 月有一則報道，英國 IT 界一名女員工控告男上司性騷擾，她指控男上司在電郵寫「xx」表示 kisses，寫「yy」代表性接觸，她更認為「？？？？」是男上司問她「幾時準備好性交」的暗號。男上司將文件 file name 改為「ajg」，她認為是「A Jumbo Genital」的縮寫。到底想像力要有多豐富才會看見「ajg」就產生這樣的聯想呢？結果 London Central Court 都叫她收檔，認為這位女士「finding sinister motives behind the innocuous interactions」(在無傷大雅的互動背後尋找邪惡的動機)。

做人很難。到底應該改什麼 file name 才可避開性騷擾的嫌疑？憑這種深不可測的想像力，26 個英文字母可以組合出 100 萬種聯想。這男上司的動機為何？這女下屬提告的動機又是什麼？所有動機都只能「猜測」，不能「確定」，因為我們無法用 X 光機去看穿人們內心所想。有人說這位女士基於私怨提告，立心不良；也有人認為她可能有一段痛苦經歷，才變得比一般人敏感。然而在文明社會，不管職場如何狡詐，也不論糾紛多麼複雜，到了最後人們還是會回歸 common sense。

誰是好人？誰是壞人？職場就是一個大舞台——騙子與老實人、美麗與醜陋的人、懦弱與堅強的人，眾多角色令人眼花撩亂。那麼到底是好人多一些？還是壞人多一些？你大概想我答「當然是好人較多，世界真美妙！」，寬慰動聽。但抱歉，我的責任不是令你寬慰，而是講真話。我認為壞人遠比好人多，所以當遇上好人就要拚命對他好，哪還有時間關心人形物體。

出身寒微才是贏在起跑線

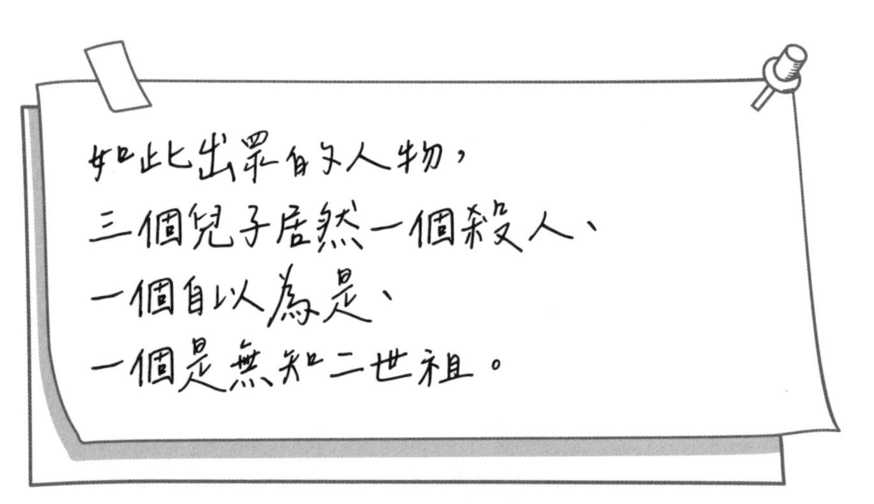

如此出眾的人物，
三個兒子居然一個殺人、
一個自以為是、
一個是無知二世祖。

「虎父無犬子」的實例雖然也是有的，但我見過更多世間罕有的一流人物，子女都是一敗塗地。生於憂患的孩子靠自己奮鬥生存，意志就磨鍊出來了，生於安樂的孩子卻沒有這種「福份」，最經典的例子就是范蠡。

這位春秋時代的奇才出身寒微，IQ 爆燈，也鍛鍊出超強 EQ。范蠡扶助被抓到吳國做奴隸的越王勾踐，還把深愛的女人西施獻給吳王夫差，忍辱負重三年最終消滅了吳國。范蠡最大的智慧在於掌握天下老細的特徵——過橋抽板。他早已料到越王勾踐一旦復國必會清算功臣，於是急流勇退，不戀棧權力，婉拒封賞，與愛人遠走他方，開墾田地，由零開始經商，數年已成巨富。他曾三次搬家，搬到哪裏發財到哪裏。後人稱他「商人之鼻祖」，拜為「財神」。

不知范蠡怎樣教仔。他的次子因為殺人被囚禁在楚國，他派幼子帶一車黃金去楚國找老朋友莊生幫忙，但長子搶著去救弟，若不被允許就自殺，范蠡無奈答應，叮囑長子把黃金交給莊生後立即回國。莊生為人清廉，地位崇高，他向楚王說夜觀星象發現災難將臨，要修德大赦，范蠡的兒子就得救了。豈料那位長子原來一直信不過莊生，偷偷留在楚國，聽見楚王大赦，莊生什麼也沒做就得到那批黃金，哪有這麼便宜的事？便去找莊生把黃金討回。莊生本來就打算日後送回黃金，卻受到這小子侮辱，又去跟楚王說富商范蠡兒子殺人惹怒百姓，不能赦，楚王言聽計從。長子帶著弟弟的屍體回家，全家哀號，范蠡卻一早料到次子會死了，因為長子從小跟著父親打拚，見過賺錢是何等艱難，不捨得錢。幼子一出生已家境富裕，飯來張口，不會珍惜金錢。但長子要脅自殺，唯有讓他救弟。

真是難以置信，如此出眾的人物，三個兒子居然一個殺人、一個自以為是、一個是無知二世祖。出身寒微才是贏在起跑線，就算沒有什麼巨大成就，這類人至少會有點 common sense。且看范蠡父子的正反兩面示範。

不要失去你的拚勁

世界不斷變，
唯有熱誠永恆。
抓住你喜愛的事，
全力以赴去完成它。

本文刊於2023年2月25日
《頭條日報》專欄。

這可能是我人生中最後一篇為報紙寫的專欄文章。早前收到《頭條日報》編輯部的電郵表示「面對傳媒經營環境不斷變化，希望作出全新的內容改革，專欄也會隨之調整。」「最女人」這個專欄將會由3月1日起停刊。

寫這篇文章時心情很奇妙啊。這不單是我在《頭條日報》的最後一篇專欄，對我個人來說也是一個階段的終結。站在今天來看，我以後會再寫專欄的機會近乎零。隨著社會變遷，香港報紙數目減少，閱讀習慣也由以前悠閒地攤開一份報紙「慢慢歎」專欄變成快速滑手機。當然網上也可讀到無限資訊，但專欄是經年累月定期與讀者見面，同呼同吸，感覺親切許多。翻查紀錄才記起原來「最女人」第一次在2012年8月刊出，至今竟已十年！我很驚訝，感覺只是昨日的事呢。我在《信報》的專欄「蘭開夏道」是在寫了11年的時候終止的，那麼第二「長情」就是《頭條》這個滿十年的專欄了。我的專欄逢週六刊出，多年來每星期都收到《頭條》讀者的電郵和私訊分享讀後感，若偶有一次不見專欄刊出就會收到海量來訊查詢，在此衷心感謝每一位讀者。

我是寫專欄出道的，起初日間是職場白領，晚上回家寫作。後來邀我寫專欄的報章雜誌愈來愈多，我便辭工全職寫作，在完全沒有計畫下竟然見步行步寫到今天，我自己都覺得不可思議。頭四年沒人見過我，坊間還謠傳王迪詩是男人扮的。四年後我決定公開露面，之後做過電台主持、開了四十場 talk show，甚至瘋狂到開了兩場演唱會。回想我有段時期同一時間寫十個專欄，今天是時候道別。

最近流行 ChatGPT，這人工智能機械人還會編劇寫小說，人類作家會消失嗎？世界不斷變，唯有熱誠永恆。抓住你喜愛的事，全力以赴去完成它。無論世界變成怎樣，不要失去你的拚勁。今後各位仍可在我的新書、Patreon 和社交媒體讀到我的文字。但願這個專欄在過去十年曾為你的星期六添上一點「慢慢歎」的樂趣。

作者： 王迪詩
出版： 王迪詩創作室
設計： MFCreative (findmfcreative@gmail.com)

王迪詩
創作室

圖（封面）： Designed by lemonos (Image #27459346 at VectorStock.com)

圖（內文）： P.1 Designed by smotrivnebo (Image #23512809 at VectorStock.com), P. 2,3 Designed by PaperTrident (Image #45271324 at VectorStock.com), P. 4-9 Designed by Simple-Line (Image #47079324 & #47078985 at VectorStock.com), P.4-9 Designed by GoodStudio (Image #20073069 at Vectorstock.com), P.12 theromb / shutterstock.com, P.13 Designed by lanasham (Image # 25953384 at Vectorstock.com), P.14,15 Designed by seahorsevector (Image #31911731 at Vectorstock.com), P.16-18 Designed by vectorlab (Image #37241047 at VectorStock.com) & Edge Creative / Shutterstock.com, P.19 Liana Nagieva / Shutterstock.com, P.20 Designed by djvstock (Image #41373168 at Vectorstock.com), P.21 miniwide / Shutterstock.com, P.23 Designed by niall (Image #38935359 at Vectorstock.com), P.24,25 Designed by djvstock (Image #41373168 at Vectorstock.com), P.27 Designed by mushakesa (Image #40270161 at Vectorstock.com), P.28 Designed by artnahla (Image #35917260 at Vectorstock.com), P.29 Designed by GoodStudio (Image #37106943 at Vectorstock.com), P.31 Designed by TopVectors (Image #43030493 at Vectorstock.com), P.32 Designed by mushakesa (Image #13598411 at Vectorstock.com), P.41 Designed by zuperia (Image #31237810 at Vectorstock.com), P.42,43 Designed by GoodStudio (Image #46828969 at Vectorstock.com), P.47 Designed by kaidash (Image #35254773 at Vectorstock.com), P.48,51 Designed by vectorlab (Image #23021484 at Vectorstock.com), P.53 Designed by dodoit (Image #2211978541 at Vectorstock.com), P.55 Designed by drawlab19 (Image #25151717 at Vectorstock.com), P.59 Designed by a3701027 (Image #40732856 at Vectorstock.com), P.61,63 Designed by lembervector (Image #44547901 at Vectorstock.com), P.67 Designed by Olejio88 (Image #35965725 at Vectorstock.com), P.69 Designed by Valeriiak (Image #31568520 at Vectorstock.com), P.71-74 Designed by Vectorpot (Image #10203953 at Vectorstock.com), P.76,77 Designed by Drogatnev (Image #38938123 at Vectorstock.com), P.81 Designed by Vectorbum (Image #46334186 at Vectorstock.com), P.85 Designed by Mentalmind (Image #43319872 at Vectorstock.com), P.89 Designed by Simple-Line (Image #45998031 at Vectorstock.com), P.91 Designed by dwara_art (Image #45104403 at Vectorstock.com), P.93 Designed by NOD (Image #1967091814 at Vectorstock.com), P.95-98 miniwide / Shutterstock.com, P.103 Designed by vectorlab (Image #46695434 at Vectorstock.com), P. 107 Designed by Surfsup (Image #47102325 at Vectorstock.com), P.110,113 Designed by klyaksun (Image #4265303 at Vectorstock.com), P.118 miniwide / Shutterstock.com, P.123 Designed by Simple-Line (Image #43979854 at Vectorstock.com), P.129 Designed by Simple-Line (Image #46012614 at Vectorstock.com), P.132 Designed by Simple-Line (Image #45095066 at Vectorstock.com), P.135 Designed by BoykoPictures (Image #20991361 at Vectorstock.com), P.139,141 Designed by vectorlab (Image #46890141 at Vectorstock.com), P.143 Designed by ONYXprj (Image #22859639 at Vectorstock.com), P.144,145 Designed by sabelskaya (Image #34526145 at Vectorstock.com), P.149 Designed by pavelsevryukov (Image #35924951 at Vectorstock.com), P.151-153 Edge Creative / Shutterstock.com, P.155 Designed by StockSmartStart (Image #2119027433 at Vectorstock.com), P.158,159 Designed by yemelianova (Image #1151666 at Vectorstock.com), P.162 Designed by Simple-Line (Image #47087072 at Vectorstock.com), P.166 Designed by Simple-Line (Image #47087092 at Vectorstock.com), P.169 Designed by Flashvector (Image #46961315 at Vectorstock.com), P.170,171 Designed by GoodStudio (Image #37106943 at Vectorstock.com), P.174,175 Designed by rudall30 (Image #43486643 at Vectorstock.com), P.177 Khoroshunova Olga/shutterstock.com, P.182,183 Designed by drawlab19 (Image #40094968), P.187 Designed by Alphavector (Image#43494798), P.188,189 Designed by ShendArt (Image#47021975), P.195 Designed by HobbitFoot (Image #25843861), P.198,199 Designed by vectorlab (Image #46503111), P.201,201 Designed by drawlab (Image # 41647821), P.207 Deigned by Simple-Line (Image #47079036), P.209 Designed by Simple-Line (Image #32262774), P.211 Designed by enjoys (Image #41784618), P.214,215 Designed by samarttiw (Image #37657763)

王迪詩創作室於 2023 年 6 月在香港出版

ISBN：978-988-74332-3-1

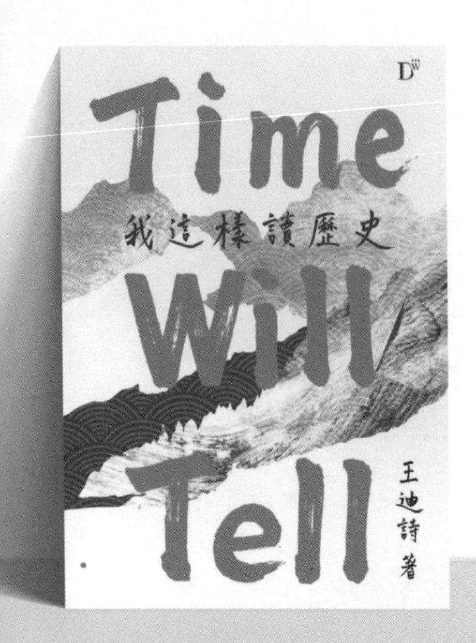

《Time Will Tell——我這樣讀歷史》

e-book

歷史書也可以簡單易明，完全唔悶！

- 由瀕臨亡國到成為全球最幸福國家、少年大衛打倒巨人哥利亞現實版——芬蘭
- 為何納粹德軍僅花六星期就輕易吞併巴黎？
- 巴黎如何奇蹟地逃過被希魔焚城的浩劫？
- 洗腦使人自願為奴——為何會有人崇拜一舊屎？
- 變態獨裁者的婚姻和愛情——希特拉與墨索里尼
- 就是不認命——南韓近代史
- 從韓劇看歷史——假如沒有希特拉，二戰就能避免嗎？
- 興中會第一任會長，比孫中山更早投身革命，名字卻被刻意抹掉的香港人——楊衢雲
- 沖繩戰役期間，日軍下令沖繩居民大規模自殺，告訴島民美國人會強姦婦女，殺掉男人，得在美軍登陸前自殺，每戶發兩枚手榴彈，結果祖父殺死兒孫，丈夫殺死妻子……
- 古代中國篇：超級富豪的宿命——江南首富沈萬三；孫臏完美示範「君子報仇十年未晚」
- 緬甸篇：軍方領袖因迷信占星預言而穿著女人衫；因為9是總統的幸運數字而全國廢鈔，改發45元和90元鈔票；導致羅興亞人被屠殺，鼓動者是「緬甸拉登」？而「緬甸拉登」竟是我佛慈悲的僧人？

善待自己系列

《下半生，難道就這樣過嗎？》

人之所以會變得麻木，是為了保護自己。
起初，心是熱的，卻因此而吃虧了，受傷了，
於是漸漸將自己抽離，在周圍築起了一道牆。

《長大了才明白的二三事》

- 被討厭，也並非世界末日
- 世上沒有不用付出就能得到的幸福
- 衰到貼地，原來還有轉機
- 連粗口也不足以回應世界的荒謬
- 學會分辨誰值得你交心，誰不值得
- 別再那麼容易受騙，好嗎？
- 連你都不喜歡自己，別人如何喜歡你？
- 要學懂生活，而不是生存
- 不要勉強自己，即使對父母親人
- 放棄也是一種成熟
- 贏了，不需要告訴別人

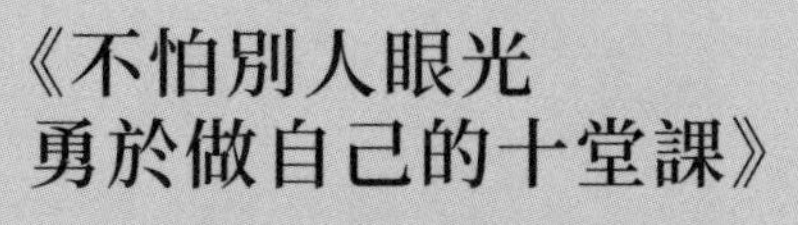

《不怕別人眼光 勇於做自己的十堂課》

做任何事都會有人欣賞，有人批評。
驚，就乜都唔好做。

Don't let other people define you.

善待自己系列

《活著 就有如果》

e-book
及實體簽名書

- 吃好每一頓飯，腳踏實地去做我該做的事
- 將自己放得太大是很難快樂的
- 我不想變成自己看不起的人
- 冷靜應對　戒掉情緒
- 有些人，疏遠更好
- 就算世界讓你失望，其實也沒什麼大不了
- 當善良會被懲罰，地球就只剩人渣
- 沒關係，還有下次……你肯定？
- 對於工作，最理想的態度是認真而不沉重
- 日子難過，quality of life 卻在於我
- 凡事走過總留痕，刻在眼球琢於心

《我就是看不過眼》

- 只要有人，就有是非。只要有女上司，就有公公。
- 有些孩子的生日派對是成年人的一場公關 show。
- 咬緊牙關也是一種浪漫，在現實裏堅持做自己喜歡的事，it's so cool。
- 無求，就是上岸。有求，狗都要做。
- 失戀到底是什麼一回事？四個字講完——塞翁失馬。對於我的「前度」，我可以跟他們分手是我一生中最大的幸運，我希望他們會說「大家咁話」。愛情讓我學懂最大的教訓是不要站在今天去看你的一生。

28 歲女律師日記

王迪詩出道首部著作

《王迪詩@蘭開夏道》

e-book
及實體簽名書

「不管走到多遠，過了多久，
有一部分的我從來沒有變過。
我不會磨掉自己的棱角。我永遠是我。」

- 十個男人九個嫖，還有一個在動搖。
- 成功的人都有點無賴的特徵。看透了這一點，失敗者也就不會太過自卑。
- 所有好吃的東西都會致胖，正如所有英俊的男人都沒有本心。
- 二十多歲的女人處於「氣質真空期」，既已失去少女的天真，卻又未發展出三十歲後的韻味。

《我沒忘記　那年的你——蘭開夏道前傳》

二十幾歲，誰不嚮往漂泊？
生命充滿無限可能性，覺得自己永遠不會死。

這是一個發生在英國的故事。

我們三個女孩一起住在 South Kensington 一座白屋，過著輕狂的生活，用香檳做早餐，哼著 Beatles 的 *Like Dreamers Do*……直至懷孕少女蘇止歧躲進我們家中以逃避父親的「追捕」。

秘密被一層層揭開，原來背後隱藏著蘇止歧對父親的極端報復計畫！

我遇上 Philip。那張臉的輪廓，有種彷彿可以看見皮膚底下骨頭似的酷。我愈討厭這個自以為是的人，就愈渴望走近他。

茫茫人海，為何偏偏遇上你？

王迪詩 著
我沒忘記
那年的你
《蘭開夏道》前傳
王迪詩最動人小說作品
"那年，我在倫敦遇上他，沒料到這個身影在往後很多年裏，竟帶給我許多甜蜜和更多眼淚……"

職場系列

《王迪詩@辦公室》

在職場上，誰沒遇過一兩個人渣？

鞋，不能亂擦。必須擦得窩心，擦得到位，一句說進你的心坎裏，把你勁想講但又不好意思講的話，痛痛快快的說出來。

我有一個夢：指著老闆的鼻子大罵：「@$X★%!」然後把桌上的文件往天上一拋，拂袖離去……只要一次轟轟烈烈地炒老闆魷魚，都算不枉此生。但當我冷靜下來，又覺得可能會抱憾終生……

一個精明的老闆，一定會培植多於一個勢力，說得好聽是刺激雙方的良性競爭，說穿了是互相制衡。一方獨大，很容易威脅權力核心。

公司愛用「美人計」討好客人，好處是「零成本」。蝕底的是女職員，又不是公司。

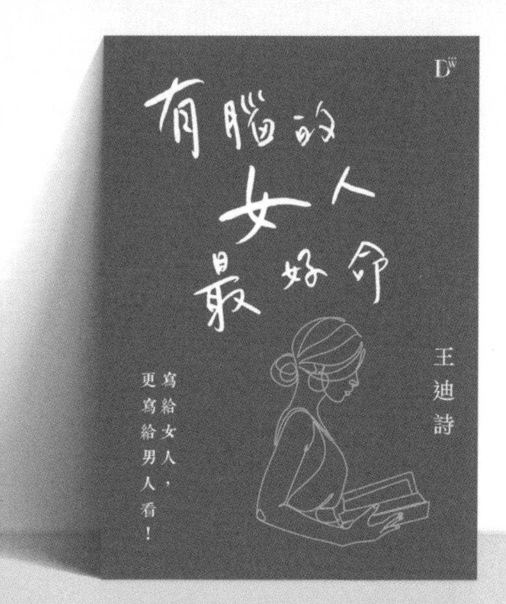

e-book
及實體簽名書

《有腦的女人最好命》

寫給女人，更寫給男人看！

- 活到一定年紀的男人都懂得保命之道——沉默
- 六十歲以上的男人跟年輕女郎站在一起，眾人就懷疑是情婦；他身旁若是站著一個老女人，毫無懸念是老婆
- 為何中年人看日劇《初戀》會哭崩？
- 「超無聊」、「咁小事」都可以撻著？我聽過愛上 Uber 司機的女人就超過十個
- 男同學的 WhatsApp 群組名稱是 12 個字的粗口，也是他們背著老婆發洩的唯一窗口
- 他明明很愛我，卻一次又一次出軌……
- 辦公室四角戀的最新發展，透過女秘書 WhatsApp group 以超光速傳遍中環
- 女人要幸福，不靠樣貌，不靠父幹，最不可靠的是丈夫。女人唯一可以倚靠的是自己的頭腦
- 當你不會被孤獨威脅到，就不用再害怕世上任何事了
- 世上最難應付的不是困難，而是荒誕

e-book
及實體簽名書

《致 仍在一起與不再在一起的朋友》

這本書不只寫給「仍在一起」的朋友，
也同時寫給「不再在一起」的朋友。
那段迷惘又純真的歲月，你們都在。

也許每個人都曾經有一位很要好的朋友。

然後有天，
不知怎的就在彼此的生命中消失了。

或已翻臉，或已移民；
或只是從某天起漸漸疏遠……

道別，終有一天會習慣嗎？選擇離開的人，
十年後，你還會記得這片土地嗎？

去找對方是否一種干擾？關心是否一廂情願？
對方會不會以為我有目的？

後來，也明白好傾只是 talkative，
不等於soul-mate。

要失去的人必會失去，
要歸來的人也終必歸來。

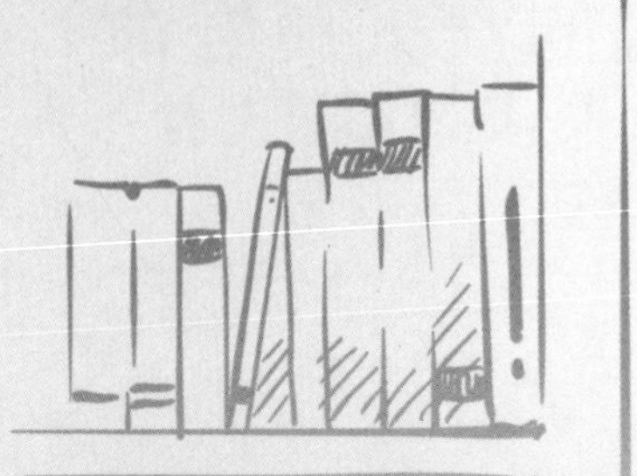